2015-2018

鴻鴻詩集

樂天島

目錄

〔寫真集〕

〔瓶中信〕

〔神秘的家庭〕

―――――――――――――――――――――――――

〔江違詩集〕

台灣新現實主義詩路的墾拓者

向陽

一、

1993年8月，29歲的年輕詩人鴻鴻出版了第一本詩集《黑暗中的音樂》（台北：現代詩季刊社），瘂弦為他作序〈詩是一種生活方式〉，一起筆就說：「我在鴻鴻的作品裡，聞到一種自由和快樂的氣息，這種氣息純潔而新鮮，是我在前代詩人作品中不曾感覺到的。」瘂弦所說的「自由和快樂」，指的是：

他們不需要作二十年代的社會改革家、三十年代的抵禦外侮的戰鬥者，也不要作左翼文學的宣傳員、鄉土文學的農村代言人，而對後現代的種種理論實踐也沒有比他們年紀稍長的詩人那樣執著。……除了寫詩，別的好像不能證明甚麼了！其實，就是連寫詩也彷彿不能證明甚麼，只要去「過」一首詩，把詩當作一種生活方式，擁有它，享受它，而不為它所役。

當年瘂弦眼中「快樂而自由的鴻鴻」不「迷信」使命感，「過著敏感、流動、閃爍，充滿了聲響和色彩的生活」，「是詩人，也是歌者、電影工作者、畫畫的、演戲的，更重要的：根據自己的感覺走向生活的人」。

瘂弦的這個觀察，充滿了對青年詩人鴻鴻的欣賞和期許，也隱含了他對新詩史上出現過的左翼文學、鄉土文學和後現代文學主張（或詩潮）的疑慮，因此他肯定也期許青年鴻鴻不為上一代詩人「使命感」所羈的「自由和快樂」的詩風。這是可以理解的。

不過，也正因為這樣，瘂弦忽略了就在這一本詩集之中，另一種涵義的「自由」的詩（批判社會、介入現實）已然發出了聲音，儘管仍顯微弱，卻曖曖含光。詩集開卷的第一首〈花朵宣言〉末段：「讓我們互相殺戮盡情摧毀/ 髒亂才顯得出花的可貴/ 這世界果真要刻下歷史/ 花朵也可以用來裝扮墓碑」，就是以諷喻筆法寫出的對現實世界充滿「血污」、「屍體與煙塵」、「腐臭憂傷」和「互相殺戮盡情摧毀」的批判。

〈開往烏托邦的最後加班車〉則以預言之詩，向瀕臨崩毀的地球提出警示，並且指出即使是開往「烏托邦」的最後班車依然充斥權力當局對年齡、性別、職業與角色的控制、歧視（「當局以壓力實驗的理由拒絕老人/ 苦心調配男女對半，多種善良性格，必要的職業及角色」、「一方面封鎖情報，一方面火速過濾國民資料」），以及傳統、保守價值對於社會結構的干涉（「知足的店員，睏倦的學生，議論菜價的主婦……」、「裝載的清單已包含了那些不佔質量的/ 愛情，道德共識，以及生老病死的宿命……」）。

再如〈城市動物園〉，則宛如喬治·歐威爾《動物農莊》（*Animal Farm*），這首組詩寫〈獨象〉、〈饞豬〉、〈夜犬〉、〈綿羊戰線〉、〈恐龍世家〉，以動物隱喻都市眾生相，並且暗喻集體與個體、自由與極權、和平與戰爭的衝突，其中〈綿羊戰線〉更是深刻地寫出類似二二八事件之後，如綿羊一樣溫馴的人們以為閉戶不出、閉口不說，就可求得和平，就可保命，實則槍桿鎮壓，連電視都成為警告的工具，一樣難逃厄運。這類詩作還有〈給逃亡者的恰恰〉，〈徹底摧毀〉更是直接明瞭：

南無阿彌陀佛
北無消遙鵬鳥
西無極樂世界
東無蓬萊仙島

再喝幾杯耶穌寶血
才能夠把敵人灌醉？
再燒幾個聖女貞德
才能引來消防大隊？

熊熊烈火化骨焚灰

滾滾洪水一切摧毀

光明之路無限逼近

黑暗之鄉無限甜美

天使困在教堂屋頂

虛無正在等待魔鬼

無時無地無限陶醉

無法無天無所不為

無生無死無外無內

無始無終無盡輪迴

無東無西無南無北

無東無西無南無北

南無阿彌陀佛

北無消遙鵬鳥

西無極樂世界

東無蓬萊仙島

這首詩以極其沉痛的反諷之語，寫現實世界（宗教、道德和政治正確）的殘酷與粗暴，放到近三十年後的今日反同公投的主流民意來看，或許更加深刻吧。

以第一本詩集《黑暗中的音樂》出發的青年詩人鴻鴻，其實早就宣告了他今日為時賦詩、為事狂歌的新現實主義詩路！他是懷抱自由主義思想的詩人，對於這個社會的殘缺、對於現實的冷酷，以及對於公理與正義的追求，他採取的批判視角和介入實踐，早在年輕時寫的詩中就已嶄露。

二、

2018年12月，時序入冬，書桌上擺著鴻鴻第八部詩集《樂天島》的原稿，窗外間歇雨落，九合一大選綁公投剛剛結束不久，執政黨大敗，反同公投大勝，台灣社會瀰漫著的統獨、藍綠之爭、以及中國的威脅等因素，都在這場大選結果中展現出來──此時讀鴻鴻詩集《樂天島》更有感

觸。

先看他寫於2016年12月的詩〈同志〉，這首詩以「對」與「錯」進行鋪排，凸顯當前台灣反同主流民意的荒謬，詩前三段以並比的手法，通過群（「他們」）的聲稱（「他們沒有錯」）來合理化同志個體（「你」）的不正當性（「錯的是你」），張力十足。原句如下：

他們說他們沒有錯
錯的是你

他們說他們想像的你沒有錯
錯的是你真正的樣子

他們說他們的方向沒有錯
錯的是幫你找到自己方向的人

在同志人權橫遭集體主義通過「民主」公投粗暴對待的選後，這樣的詩句更顯得沉痛有力。接著之後，「所有他們

喜愛的，都鑄成信仰/ 所有他們嫉妒的，都叫做誘惑」，則直接指陳了自古以來主流民意假藉宗教力量剝奪同志人權的社會真實。對照鴻鴻二十多年前寫的〈徹底摧毀〉詩中的「再喝幾杯耶穌寶血/ 才能夠把敵人灌醉？/再燒幾個聖女貞德/ 才能引來消防大隊？」更令人感到沉痛。

再看他寫於2017年10月的〈獨立公投〉。這首詩首段先寫全球各個小國實施獨立公投的現況：「魁北克獨立公投沒過半/ 蘇格蘭獨立公投沒過半/ 加泰隆尼亞獨立公投92%贊成/ 但投票率仍沒過半」──以全球實例凸顯獨立公投的困難；接著再以台北市實施垃圾不落地政策無需公投的事實，對映（或者暗喻）獨立公投雖然困難未必不能做，「很多國家沒實施垃圾不落地/ 台北市也算實質獨立/ 沒問過你我同意的垃圾政策/ 大家也逆來順受甚至鼓掌叫好」，然後收結於「還是想問/ 那台灣甚麼時候公投？」──這首詩試圖以語言的邏輯謬誤，反諷當前台灣在公投法通過後排除獨立公投的不符合世界民主潮流，比照此次東奧正名公投未能過關，仍維持「中華台北」名義一事，何者為「垃圾政策」？就是鴻鴻以詩諷喻的主旨所在。

作為詩集名稱的詩〈樂天島（B面）〉更是以強烈的批判語言直指台灣「島民」的「樂天」民族性。全詩甚長，這裡引前兩段：

在一座悲劇的島嶼上一定有樂天的島民
即使地震、颱風、都更，讓他們的財產或親人
一夕化為烏有，繼續念經，繼續忍氣吞聲
頂多每週看一次健保給付的醫生

不管是因為睿智或白目
樂天的島民任憑每個統治者的課綱覆蓋自己的歷史
他們學舌，學不像也很自得
持哪一國的證件無關緊要，只要你愛國
就算是黑幫，警察也替你開道

用極其輕鬆的話語，刻繪畫當代台灣人的集體圖像和心態，詩中使用諷喻，在諧謔中映現詩人所看到的台灣人的醜陋面相，使得這首詩讀來充滿詼諧可笑的「笑料」，讀後則有無力回天的痛心。詩中所提「地震、颱風、都

更」，是天災與人禍，小民無力對抗，猶有話說；「課綱覆蓋自己的歷史」、「持哪一國的證件無關緊要」、「就算是黑幫，警察也替你開道」，則是台灣人對歷史文化與認同的無視，對公理正義的輕忽，詩人一語道破當前台灣政治、文化與社會的病灶，就是來自於無可救藥的、愚騃無知的「無所謂」的天真吧？

《樂天島》這本詩集的主軸，因此也可以說是對醜陋的台灣人民族性的針砭，對台灣社會在漫長被殖民情境下堆積的歷史失憶、集體認同喪失，以及社會正義不彰的深沉控訴。這類詩作，主要集中於「事件簿」這一卷，鴻鴻寫二二八紀念日所見、諷刺馬習會的「鹿指馬為鹿/馬專門拍別人馬屁」、挪揄中華文化復興運動、祭劉曉波……，以及為同志、黎明幼兒園、凱道抗議的原住民、抗議勞基法修惡的絕食勞工……等詩作，都緊扣著當代台灣政治、社會與文化議題，或賦或比或興，都直指台灣社充斥的強凌弱、大欺小、邪壓正的深層結構。他的為時代賦詩，為時事狂歌，盡在此卷之中。

鴻鴻的詩風轉變，並非始於這本詩集，早在2006年他推出第四本詩集《土製炸彈》（台北：黑眼睛文化）時，他就已經展開一如他所說的「更多人的自由需要戰鬥」、以詩作為「對抗生活」的武器的書寫；2009年出版的《女孩馬力與壁拔少年》（台北：黑眼睛文化），題材廣及西藏抗暴、北京奧運、捍衛樂生、野草莓學運……等等重大事件，以詩對亂世進行革命；2012年出版的《仁愛路犁田》（台北：黑眼睛文化），更是為台灣社會運動（如反國光石化、反中科搶水、反土地徵收條例、反核……）、國際人權事件（如紀念陳文成、聲援劉曉波、艾未未、伊朗導演潘納希……）等逐一賦詩。他在詩集後記中強調：

筆耕於我如果仍屬必要，那是因為可以真實呈現一時一地的想法，與文字讀者、街頭聽眾、或是親密愛人相溝通。詩是拿來興、觀、群、怨的，不是拿來陳列玩賞的。革命與愛情，率皆追求群體美好生活的步驟。如果有一天我們可以不必再革命，世界可以不再需要這些詩，或許那才是一個時代最大的成就。

是這樣逐漸形成的詩觀，讓鴻鴻脫卻了年輕時對現代主義的迷戀，重新反省他的詩和土地、和人民、和人權的對應關係。2015年他推出第七本詩集《暴民之歌》（台北：黑眼睛文化。2018年再版），同樣將他的詩聚焦於台灣社會重大事件（如反核、護樹、大埔事件、拆銅像、太陽花運動……）、國際社會與人權議題（如聲援雨傘革命、紀念六四、反思以巴衝突……）等，他用詩作為炸彈、作為武器、作為匕首，諷刺時事、歌詠「暴民」，他的詩和台灣進入21世紀的亂世已經結為一體，因而就不再只是「政治的」詩，同時也是「社會的」詩、「歷史的」詩，這是鴻鴻在戰後台灣眾多詩人之中最為醒目之處。

三、

《樂天島》這本詩集，因此是鴻鴻對現實社會所進行的「革命詩學」的又一次精采展現。表面上，鴻鴻的這些詩作，類似1980年代鄉土文學論戰之後詩壇興起的「政治詩」，他不避諱政治題材、不強調文學修辭或話語，直

接以詩刺向權力和政治的核心，這或可視為21世紀新政治詩風潮的再一次崛起（連同鴻鴻於2008年創立的《衛生紙＋》詩刊詩人群作品）；但實質上，在我看來，則是更深刻的「新現實主義」詩學的拋出。

台灣新文學運動過程中強調的現實主義（一如鄉土文學論戰中鄉土派論述），基本上強調的是對現實社會的反映，作家應該關切現實、反映現實，服膺於土地和人民，同時揭發不公不義，做弱者喉舌——鴻鴻從2006年推出《土製炸彈》到這本《樂天島》，在精神上的確延續了這樣的現實主義傳統；不過，他猶有進之，在這個基礎上，進而觸及對「權力」（國家的以及國際的）、對社會結構的批判，這則是台灣作家過去較少書寫的主題。這類作品在詩集「事件簿」卷中所在皆有，我已在前節論及，不再贅述。

其次，鴻鴻詩作也展現了異於現實主義的新的表現技巧和方法。鴻鴻同時身為電影、劇場導演，我不知道他是否受到義大利新寫實電影的啟發，他的詩在語言和技巧上，不

單純只以貼近現實的描繪或控訴為能事，他還通過諷喻、錯置、割裂、拼貼的手法，試圖逼近現代社會、主流價值和權力關係的荒謬狀態與現實。

同樣作為詩集書名的詩作〈樂天島〉，在詩集中一題有兩作，前節提到的〈樂天島（B面）〉，以強烈的反諷，批判台灣人的民族性，是典型的現實主義手法；收錄在「神秘的家庭」卷中的〈樂天島（A面）〉則反其道而行，以現代主義的語法，透過「兒子」的童言童語，呈現「父親」的憂慮：「這座島嶼的香蕉可以讓他吃到世界末日」。後詩不以批判呈現，不以白描、控訴的語氣為之，對照前詩，形成兩組（或「兩面」）互文的文本，台灣社會面臨的兩大問題（社會的、政治的／自然的、環境的）因此形成共構。這就是鴻鴻展現的新現實主義詩學精粹所在。

這類具有現代主義或後現代手法的寫實之詩，在詩集當中也多有佳構。如〈房間的回聲〉，半數句子非詩人所寫，而是拼貼參觀河床劇團《窺》的觀眾在展覽現場的留

言組構而成。又如〈一個滿身油污的裸男子出現在觀眾席〉，以類劇場的語言，透過獨白的方式，「拼貼」當前台灣時事議題中常用的關鍵詞（如「民主。自由。」、「被馬賽克」、「轉、型、正、義」、「廢土、廢水、廢料」……），而形成荒謬、怪誕，卻又真實的社會語境。又如為聲援松菸護樹運動寫的散文詩〈樹〉，以樹的獨白，凸顯樹與環境、與人、與社區集體記憶的重要性，均屬佳篇。

即使是諷刺具有高度政治性題材的詩，鴻鴻也能以不同於寫實主義的語言和形式來呈現權力關係的荒謬糾葛。〈水牛記：馬習會有感〉寫的是2015年11月7日馬英九和習近平在新加坡的會談：

鹿指馬為鹿
馬專門拍別人馬屁
魚說子非我安知我不知蝦被食之樂
牛從不吹牛

1960年代機器牛開始耕田水牛於是銳減有人說牛代表台灣人刻苦耐操的本性被賣不喊幹要嚼嚼不爛只能製成牛肉乾最後剩下幾頭做保育苗栗便有一座水牛城好奇的人可以去摸摸看重點是免門票不過縣政府應該不是因此破產我們關渡校園也有兩頭每天吃草泡水沉思任憑幾隻鷺鷥不知為何跟在身邊跳跳跳看了幾年也沒見過他們握過手我想因為他們知道彼此是同胞

這首詩運用後現代語法，批判馬習會的「握手言歡」畫面，前段以諧擬的技法更異「指鹿為馬」、「拍馬屁」、莊子寓言、「吹牛」等常用成語、俗語，諧謔馬習會的歷史與政治意義；後段則以不具邏輯性的「碎碎唸」（獨白），訴說有關「水牛」的沒有相互關係的話語（台灣水牛與台灣人的符號意涵、牛肉乾、苗栗水牛城、關渡校區的水牛），突出詩人對馬習會「不知所云」、「胡說八道」的批判和諷喻意旨。這樣的新現實主義表現，是用嶄新的語言、形式，對政治時事的諷刺、權力人物的臧否，力道之強，尤甚於傳統書寫的直接批判。

四、

鴻鴻出道甚早，1979年才15歲就開始寫詩並發表詩作，他的第一本詩集《黑暗中的音樂》收集了他從15到25歲寫的詩，受到瘂弦的賞識，已經是1993年了，他已擔任復刊後的《現代詩》季刊主編，為詩壇所矚目。這之前一年（1992），他和楊德昌合編的《牯嶺街少年殺人事件》劇本獲得獲金馬獎最佳原著劇本獎，成為跨越文學與電影的閃亮新星，也展開了至今身兼詩人、劇場及電影編導、策展人多重身分的創作生涯。

我與鴻鴻相識甚早，但已忘了確切的時間點，只記得約略是在《陽光小集》詩雜誌的階段，應該是1980年代中期。當時的鴻鴻受到現代主義影響較多，語言已臻成熟，也得過中央日報文學獎，被視為現代詩壇新銳。1993年，他以〈一滴果汁滴落〉參加當年時報文學獎新詩獎獲得首獎，我擔任五位決審之一，甚為喜愛，這首詩有楊牧的味道，但鮮明純淨則又自成風格；更重要的是，這首詩通過讀「一位遠方詩人新成的詩作」，描述「他曾在無知的年少

下放/ 到更遠的遠方做鍋爐工、煤爐工、車間操作/ 在那兒認識了漂鳥草葉和只存在夢裏的姑娘/ 入獄，平反，突然又被派去管理倉庫，投閒置散」的詩句，透露了對於遭受政治迫害的詩人及其詩作的關懷，讓我相當感動。

從以詩證詩的角度來看，這首詩巧妙地論述了詩人面對時代（尤其是政治錯亂時代）的無奈、無言，是抒情的寫實之詩。不只如此，這首詩接著把鏡頭轉回自身，寫童年回憶，寫長大後哥哥囑他「喝完鋁箔包/ 要把它壓扁，減少地球負荷的垃圾」的環境意識；也寫這滴果汁可能的生產地：「誰知道它來自/ 遙遠的南非還是哪裡？它在果園內/ 聽不見外面的示威，抗爭，歧視，也沒有人在意過/ 這麼一顆陰暗的果子」，以下這段則以隱喻的方式，寫出果汁/ 詩人/ 詩與外在環境/ 政治/ 社會之間的關聯：

它無所謂地生長
無所謂地被擠壓封藏
又無所謂地
滴落；

或是滿懷盼望地成長

痛楚地被擠壓，而後

憂傷地滴落——

……（中略）

沒有人會誤會

它是一滴淚水。

從「一滴果汁」到「一滴淚水」，從受到政治壓迫的詩人詩作被「痛楚地擠壓」、「憂傷地滴落」的淚水，這年29歲的鴻鴻，儘管主編的是《現代詩》，卻已經透過這首動人的詩，預示了他從現代主義走向新現實主義詩人的路徑。

鴻鴻詩路的轉變，因此有跡可循。看一滴果汁滴落，有人看到的是它的「芬芳和顏色，鮮明/ 鵝黃」，足以讚頌歌詠；鴻鴻看到的是被擠壓、憂傷滴落的淚水。從2006年出版《土製炸彈》以降，到此際2018年出版的《樂天島》，鴻鴻為時賦詩，為事狂歌，以詩作為武器，要刺向社會的主張和實踐，就足以理解，並且具有充足的理由，稱他為

台灣新現實主義詩路的墾拓者，亦不為過。

海鳥的港灣

楊澤

台北詩壇盡人皆知，鴻鴻是個愛闖禍的小孩。從早年對政治的漠不關心，到近十年的無役不與，辦詩刊，寫一手饒富魯迅風的毒舌型，匕首型，越來越白的白話詩，不誇張的說，勇哉鴻鴻，他幾乎是在搞他一個人的五四運動。

作為一個過去和新電影，和小劇場運動不無瓜葛的寫詩人，鴻鴻的一夕言變，變成一輛少年台灣的「詩想坦克」，有其種種詩政治，文學政治的因素，不難理解，也並無損於他的詩，在某些受召喚的獨特時刻，以其機智，

某種後街少年旋風快打的速度，準確度，打動讀者。

不過這回，敏感的讀者多少會察覺到一些變化。從類似〈鈕來鈕去〉〈如果我死去〉〈二輪電影院〉〈共犯〉這樣的成熟作品——這也是我這鴻鴻詩的「老讀者」偏愛的——看得到，詩人已然開始面對，不是世界與命運，而是生活和時間的主題。鴻鴻，這隻歷經風風雨雨好些年的海鳥少年，終究是，像我們凡夫般，慢慢抵達歲月的港灣，我們有理由相信，以其天性之純，之真，生活和時間的繆思，或會懂得善待他，對他另眼相看的。

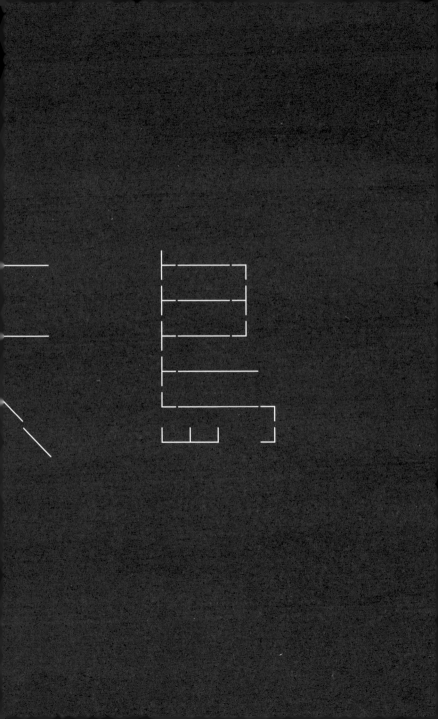

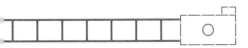

〔寫真集〕

小耳朵

我的耳朵旁邊，還有一個小耳朵
不是讓我聽進更多閒言，或更多道理
而是幫我擋住那些風聲
讓我唱歌的時候
不會走音

我的舌頭下面，還有一根小舌頭
不是讓我品嚐更多美味，或吐更多苦水
而是讓我接吻時
可以秘密交換
更多真心

我的心裡頭，還有一顆心

不是讓我耍更多心機，或更花心

而是讓我的心死去時

有另一個機會

可以繼續活

2017.5.7

大臉症

臉越洗越大
原來是
髮越搔越短

牙越咬越酸
擋不住
虧越吃越多

一開口就說結論
回答不了
年輕人滿眼的疑問

穩坐在博愛座上
看不見
整個世界在面前搖晃

菸點著了
不管抽不抽
都是會燒完的

2015.8.28

求生訓練

狗不需要訓練
等到出門，才會把憋了一天的屎尿從容放完

貓不需要訓練
冬天一來，就會自己鑽進被窩跟你取暖

小孩不需要訓練
就會抓住狗的尾巴，不讓牠撲向正在施工的工人

工人不需要訓練
就會聽老闆號令，剷除別人的家園

老闆不需要訓練
就會見縫插針，下好離手

手不需要訓練
就會投票，寫布條，打手槍，或開手槍

耳朵不需要訓練
就會在嘶啞的歌聲響起時，讓眼淚自動流出

眼睛需要訓練，需要漫長的訓練
才會對一切事不關己的痛苦，視而不見

2015.12.9

懸命

我家浴室的日光燈，從按下開關到亮起，有時隔 3 秒，有時隔 10 秒，有時更長。

橫越台灣海峽的飛彈，在遭受攔截或命中目標前，最多可以飛行 8 分鐘。

日光燈會記得它將醒前的夢嗎？

飛彈會記得它爆炸前，一生唯一的一次飛行嗎？

已往寫信，要在郵筒和郵局躺兩個晚上，才被拆開。

現在被誤分到垃圾信件匣的 email，則不知何時能被撈回。

顏料豈能預料，附身筆刷的一瞬之後，會變成一抹人人豔羨的腮紅，還是立刻被覆蓋的底色？

馬桶裡的蟑螂，會記得被沖進無底水坑前，與牠四目相對的，人類的眼睛嗎？

我按下開關，日光燈 0 秒熄滅。

2016.01.23

吞吞吐吐

嬰兒會把喝下去的奶
又吐出來

貓咪會把吞下去的飼料
又吐出來
（沒被發現的話
再把它們吃下去）

接吻中嚥下的口水
終究又從眼眶湧出

在冬天我深吸一口氣
結果打了一個好大的噴嚏

一年年聽在耳裡的那些漂亮的諾言和謊言
灌溉出他齒間混濁的詛咒

保姆哼唱的遙遠而溫柔的歌
有一天化成了他指下療傷的吉他

那些被命運吞不下又吐出的人
有些變成自焚者，有些變成余秀華

2015.12.5

鈕來鈕去

按一下
電視就會轉台
按一下
冷氣就會變送風

按一下
公車就會停下
按一下
鬧鐘就會閉嘴

按一下

我就會愛你

再按一下

我就會停止愛你

對不起

我的按鈕陷下去了

彈不回來

你能幫我修好嗎？

2015.10.15

為什麼

舞台燈光明滅中
一條從台緣爬過的小蟲
忍不住問：我為什麼在這裡？

手術室外等候的小孩手上
一支正在溶化的霜淇淋
忍不住問：我為什麼在這裡？

窗戶嚴閉的小房間
一個 53 歲才開始練薩克斯風的男人
忍不住問：我為什麼在這裡？

哈姆雷特舉起劍

──鈍了嗎？殺得了人嗎？需要殺嗎？需要是我嗎？

小蟲在腳步聲中 趕快爬

霜淇淋在舌頭舔舐中 努力維持體態

男人繼續練習 Do 到 Re 的指法

隔壁小孩在問：月亮為什麼不見？

存在就是提問

雖然無人回答

2017.9.25

中場離席

—— 奉平田俊子，兼致Lily

演出到一半
台上還演得興高采烈
我想先離開了

表演者看到的話
不知會不會失望
畢竟他們努力準備了那麼久

如果有觀眾效法
也起身開溜
那就更不好意思了

何況
台上還演得興高采烈
（我好像說過了）
觀眾也看得投入
一點也不是任何人的問題

只是
我的生命也準備了那麼久
才走到這裡

海嘯、地震、或是那些想到我家裡
裝瓦斯偵測器的人
我都躲過了

作為生命的努力（和運氣）
可以說一點沒少

此刻
我想躲過那剩餘的演出
提早進入我剩餘的人生
也許是
提早迎向下一個
海嘯、地震、或救世主

抱歉

十分抱歉

打擾了各位的興致

我這

老鼠般的存在

我想念我的

餅乾屑了

2017.9.24

切結書

在你們以為我長久沈睡的同時
其實我正疲於奔命
在一個又一個夢裡

在一個夢裡我在一棟無盡樓層的灰色建築內迷路

在一個夢裡我跌跌撞撞在人群當中

在一個夢裡我與所愛挫折地做愛

在一個夢裡我被欺騙又同樣騙了別人

在一個夢裡我殺了人

在一個夢裡我被栽贓

在一個夢裡我忘了詞就上台

我曾經飛得很高，哭得很痛快

也曾經轉轉反側於荊棘間

就像其他的人生一樣

其實這就是真正的人生

唯一不如人生的

就是我沒有真正的睡眠

在你們以為我無知無覺的同時

其實我看見一切

從你們憂慮的臉上看到兒時頑皮發亮的眼睛

從你們無聊的閒談中撿獲記憶的寶石

我有時想加入你們的爭吵，有時想叫你們滾開

但我更想把管子剪斷，讓儀器停擺

用沈重的雙腳飛快地逃得遠遠的

任你們生氣地追我、喝叱我

而我瘋狂地大笑、在地上打滾

然後有人溫柔地抱起我

這些夢、這些夢想

其實可以留到另一個世界再做

但在那之前，我需要一次真正的睡眠

好結束我的奔逐

只有結束，才能開始

重新開始一個，像拔掉滅音器的重機一樣呼嘯而過的人生

而不是成為一片已經離枝的葉子，永遠落不到地面

2018.6.29

如果我死去

如果我死去，請不要把我喚醒。

像一瓶紅酒，我已什麼都經歷過──
開瓶時的微嗆，醒後的醇香，但放得久了
也免不了變酸
幸而善調理的妻子，加了點肉桂、鮮橙
又把我煮出撲鼻的溫暖。

石頭什麼都記得，卻什麼也不說
而酒呢，酒的記憶捉摸不定
於是它唱歌

當被時光飲盡，剩下來的
就是回味，然後，連回味也消亡
──活過，令人快樂過
就是最好的報償。

那些對我失望的人
我深感抱歉
或許在酒未熟成時
就先給你品嘗了
但與其抱歉，不如感謝
讓我有機會和你們愛過
而愛，在愛的時刻裡，從來就只有對，
沒有錯。

至於我的孩子，我把這座美麗島留給你了
相信你們不會彼此辜負。

如果幸運，我願再做一顆葡萄，在秋光中靜靜成長
如果更幸運一點，我將無牽無掛，永遠消失在宇宙中

那就讓這最後一行字的魂魄，在你唇上停留一會，如同
一個注定要離開的吻。

再見。

2016.1.27

音樂的歷史

一百年前，一張蟲膠唱片可以播 3 分鐘。

五十年前，一張黑膠唱片可以播 30 分鐘。

三十年前，一張 CD 可以播 75 分鐘。

現在，串流音樂可以 24 小時無間斷放送。

而在彼端，總有一個人在那裡，拉著同一把提琴

（灰塵被弓弦震起，在半空中飄止）

像釀了幾個世紀那麼深沉，像剛寫下時那麼新。

2016.02.21

洞穴的身世

──題台中國家歌劇院

世上有許多洞穴

像這一座

白得像被月光洗過千夜

每一個開口

都是一支樂器的孔洞

泉湧出不同的聲響

這一夜，是滿盈熱望的飲酒歌

那一夜，是冬之旅人追隨的手風琴

正午傳來鬥陣的吶喊

夜半幽幽的魔笛，召喚著水與火的婚禮

還有夢寐中巨龍的低吼

難道暗示此處深埋著

尼貝龍的寶藏？

大調、小調、升調、轉調

還有熟悉的歌仔調

以及山風和海潮

在遠方的迴響

述說這所嶄新的洞穴

未來的身世

一筆一筆

把洞穴壁上的草稿

添上豐潤的色彩

讓前來考古的外星人

發現我們怎麼狩獵、怎麼祭拜

怎麼戀愛、怎麼殺戮、怎麼夢想

怎麼歌唱

2016.9.4

玫瑰人生

戰爭借你的名稱
愛情借你的形象
肥皂借你的色澤
茶借你的香

兩朵玫瑰
被拿來象徵兩個女人的殊異
九十九朵玫瑰
被綁在一起表達一個男人的執迷
大亨之死烙印著你的蓓蕾
嬰兒出疹子你也脫不了干係

即使一對被世仇阻隔的戀人
也要試著剝除你的名字
詛咒他們被冠予的姓名

即使在一座博覽會中
你也是最快被認出
又最快被忽略

你如此優美又如此普及
所以太容易被用過即棄

滿身的刺
沒法阻擋任何掠奪者

除了一個小男孩
在荒野看見你時
被你的美所震驚
又因你的刺而產生過
一絲猶疑

然後他伸出了手

2017.9.9

行路難

以為是情人節卡片
來的是交通罰單
以為是煮熟的鴨子
結果是禽流感

沉默助長了鄉愿
高調修飾了謊言
走直路你踩斷人家的肋骨
繞彎路結果原地迴圈

塞翁跑掉的那匹馬
被賣到馬戲團表演
為求劍而刻記的那艘船
卻因漏水而沉陷

一望無際的美麗阡陌
埋藏著多少腐臭的角落
也有人騎單車快樂經過
還唱起一首校園民歌：

「我是個孤獨的俠客
我要像白雲一樣忘記憂愁
風雨也不能阻擋我飛揚的心
直到我遇上土石流
喔喔」

2017.9.9

一路向右

掉頭向左
左方無路
底下是斷崖、漩渦、以及穿過地心那端的
百慕達

掉頭向右
一片平坦、光亮，沒有雜草與飛蟲
卻停滿跑車、挖土機、石油貨櫃，以及
殺人鯨般沈睡的戰鬥機

還有好長好長的

領錢的隊伍

前面有一個人，在計算每個人的工資

他後面有一個人，在計算他的工資

大家都會領到錢

然後繞過那些戰鬥機的輪子

走路回家

一個沒睡飽的小孩回過頭

恍惚瞥見

左邊的斷崖上

有鳥在斜飛

左邊的漩渦中

有魚在奮力跳躍

左邊的深洞裡

有一本

他失去的童話書

他被拉著繼續走

一路向右

滿心想著

有一天要繞呀繞到百慕達

去找那本書

2016.9.15

誤會

像一隻蚊子

叮在你臉上

考驗你

要不要很狠打自己一巴掌

（還不一定打得到）

2017.2.12

房間的回聲

1.

找不到一句好話總結這樣的日子。

我夢見我醒了

卻沒有一把灰色的小陽傘來遮陽

孩子在看，但工作好難找

打開口袋，裡頭有的只是

口罩、氣球、沙子

沒有人知道

那個真實的我

只能從一些神秘的相遇中

找到親切感：

Free your soul. Stanley 這麼說

屬於我的一小角

只要一個就足夠，黃志忠這麼說

而 Eva 卻辯稱，她沒有想要消失

只是想殺掉那個瘋掉的自己

還有微笑每一天的潘，Never say NEVER 的 Brian

我們都以為

有一個別的地方更美，否則

刺痛如何成為圖案？

陷阱如何成為出口？

日復一日

孩子依然在看（卻沒有人在看他）

房子依然靠冷氣呼吸

孩子的口水滴下

椅子的影子越長越長

有些花（有些銹掉的花）在耳底的泥壤綻放

怎麼錯，才能錯得過癮又過份？

Free your soul. 更多人這麼說

你不再聽見

揭開塑膠布，越過樓梯

你決定帶著蘋果和一把刀

去找那個愛你

卻對此一無所知的人

2.

空間的背後
是時間，還是空間？
琴聲的背後
是白日夢，還是一台機器？
牆上的開關背後
是一座發電廠，還是虛無？
黑真黑了，就不黑了
太多要看的，太少時間。

孩子哭了，哭聲的背後
是飛彈落水的聲音

是群眾狂歡的聲音

是生日快樂走音的聲音

是痛快地瘋掉，然後消失的聲音

是解說不斷重複的聲音

掩蓋著

心臟被撕裂的聲音

一定有人

在外邊的陽光裡看著

就像一切都是真的一樣

就像一切可以永遠延續下去一樣

可惜啊，相機壞了

而有人舉起一根針

對準了

那個用盡全力吹好的氣球

本詩為河床劇團《窺》計畫委託創作，半數以上文句採自參觀者於兩日下午分別在
展覽現場的留言，僅語氣稍做更動。

2016.7.3-4

真實人生
——給郭文泰及河床

真實人生

每一刻都是魔術

光來自

不可知的地方

雲和星星的出現和消失

也無法控制

夜晚和白天重疊

你和我重疊

中國人
和台灣人重疊

台灣人
和日本人重疊

日本人
和美國人重疊

每個人
都落下一些頭皮屑

他們張口
卻無話可說

幸好那雙捧住你臉龐的手
還留下一些汗水

那個你呼吸過的氧氣罩
卻帶走所有的空氣

那雙注視你的眼睛
現在注視著他方

你踏入水中
海洋卻立刻被拔走

至少你演奏過
在一個 100 人的樂團裡

你知道
自己吹錯了哪些音符

2017.6.26

能不能忍住

普天之下
皆神所造
能不能忍住
不把別人的生命
當作自己的象徵

在同一個水池中求生
在同一個水池中喝水
能不能忍住
不在裡面尿尿
然後趕快游開

那些沒有臉孔的人
像黑暗中的音樂
不知從何而來
不知為何而興

但水母不是無緣無故

游進你的夢

落葉不是無緣無故

掉落你跟前

賣場的瓶裝水和螢光鞋好便宜

也不是無緣無故

他們各有緣故

只是與你無關

最難的是

能不能忍住

不去詛咒那些剝削者

不去討好那些剝削者

不去用悲憫的眼光剝削那些被剝削者

能不能

忍住寫詩的衝動

多陪陪那兩隻

半夜鬼吼鬼叫讓你想罵髒話的貓

2017.8.3

新生

拾回一枚石頭
作你的膽

拾回一只打不開的瓶中信
作你的心臟

拾回砂石車輪下那個女孩領口的鈕釦
作你的眼珠

拾回鐵軌空窿消逝的聲響
填補你缺失的那根肋骨

將流浪貓脫落的趾甲

當作簧片

將一再被翻掘的農田和馬路

當作琴譜

在陽光給高樓剿滅的獵場

你行走、你吹奏

一首首獻給亡者與新生兒的歌

與甘耀明談客家習俗，他提及幼時床下有大人放置的卵石，給小兒作膽用。因以起
興。

2017.11.11

啟示錄
——兼致D. Papaioannou

我們終將被大地吞沒
鑽油機作為一種報復

呼吸不過是跟空氣商借生命
愛情則是跟未來對賭

我們用後腦勺前進
只有拍照時轉過身微笑

從未到臨或永不再臨
我們信仰的是這樣的神

記得探視內心的怪獸

否則當你的至愛被吞噬你會認不得它

但聽音樂時請閉上眼睛

別因眼前的世界被美化而失去重心

不是只有你單腳站在地球上

天使也一樣孤獨

2017.11.19

出門

孩子生病了……
而我正出門
去尋找一個譜架

孩子生病了
生病的孩子
躺在床上

音樂會飛翔，會重返
而樂譜
是無法懸空的

可以只演奏心中的音樂嗎
可以只聆聽心中的音樂嗎
就像看到一朵花
你不一定要去聞

可以讓身體
沉默地戰鬥嗎

不，生存已是巨大的沉默
唯一能與之戰鬥的
只有音樂了

於是，我出門去
尋找一個譜架

但是我搭的火車
停在一片荒煙漫草間⋯⋯

我看得見對面
通往我來處的
那排空空的軌道

2018.7.4

在旅行中

有的樹是一枝一葉自己長出來的
有的樹是用鐵片、塑膠拼湊起來的

有的石頭長年在路上被碾壓，一動不動
有的石頭化成了細沙，黏在戀人的肌膚，
填進孩子的玩具甜筒

有的風掠過山林、海洋、沙漠、屋頂的衣衫
　　　　時而濕潤、時而芳馥、時而焦渴
有的風在一個岩洞裡呼號千年

有的房子建造時最美

有的房子被人塗鴉時最美

有的房子被時間摧毀時最美

如果幸運，你會記得現在

如果幸運，你會什麼都不記得

「鐵軌上為什麼有瓶子呢？」

「有人亂丟。」

「鐵軌上為什麼有瓶子呢？」

「不小心掉下去的，撿不回來。」

「鐵軌上為什麼有瓶子呢？」

「它在享受陽光。」

2018.7.18

送行
──慰吾師

妹妹獨自走了

沒有我的陪伴

沒有我的手，在你手裡

沒有我的眼睛，陪你一起看路

像陽台上的衣服

水氣不知不覺消失

妹妹穿過了牆，穿過了

所有那些玻璃門

沒有音樂

只有呼呼的風聲

木棉花開了

也許你在那裡，也許你不在那裡

地震出土了沉埋的記憶

也許你在那裡，也許你不在那裡

我要帶著我的舊傷一起生活

醫生留在我身體裡的剪刀

唱片留在我腦海的歌

你沒有了我的陪伴

但你卻一直陪伴著我

2018.2.13

寫作者

為水深火熱的
你寫
為無人聞問的
你寫

即使鍵盤字跡剝落
（錯字不是你在意的）
即使電腦中毒遺忘
（你只在意那還沒寫出的）

你寫

薛西弗斯把石頭

推上山頂

不上去，怎知那邊是啥

有的石頭留在那兒

讓山變得更高

有的掉進海裡

有的一路滾下去

滾到

你再也望不見的地方

至少

你出了一身汗

你用完了時間

你呼吸到了

無與倫比的好空氣

還可以選一條不同的路徑

走下山

2016.2.4

碎石記

口中的碎石讓我言語鋒利卻遲緩

腳底的碎石挫折我行走的意志

床上的碎石讓我背脊灼燒

像離鄉的手中所執的鐵鍬或刺刀

耳中的碎石將音樂翻譯成詛咒與哀嚎

血管中的碎石則不知將在哪個轉角

讓我肝膽俱裂、神智昏聵、或停止心跳

誰來撿出我詩中的碎石？

上面沾滿了血液、精液、泥沙和糖

把他們鋪在鐵軌上

隨劇烈的震動想像可能的遠方

2018.7.23

遺忘書

我記得別人給我的恩賜，忘了我給別人的痛苦
我記得我讀到的，忘了我寫過的
我記得我恨的，忘了我愛過的
我錯認某人是另一個人，我也錯以為自己是另一個人

覆述道聽塗說輕而易舉，寫下自己的感受卻困難重重
不過也很難分辨，之間有什麼不同
有人認為都是別人的錯，有人認為都是自己的錯
我還在猶疑什麼是對，什麼是錯

用所有別人規定的假日、工作日、考試日、補考日
　　　　我定義自己是誰
用我遺忘但別人唱起的一首歌
　　　　我認出自己不想承認的模樣

2018.7.24

開與閉

音樂讓我把眼閉上
書讓我把眼打開
每一次眨眼
世界便有所改變

像被吹入樂器的一股氣流
我被手指點壓出不同的形狀
像被組裝完成的空白硬碟
我需要鍵盤以書寫餵養

每塊石頭都有其味道

只是沒人用它泡茶

每片葉子都有其鋒利

只是沒人用它切割玻璃窗

2018.8.4

半路

從油鍋裡的一枚蒜片聽見

豬在水中嚎叫的聲音

從一杯打翻的咖啡

聞到汽油漂浮在海面的氣味

風扇旋轉

驅動挖土機掉頭離開

跛腳的兔子跑過

磚石被碾碎的廣場

孩子手指

大白天不肯消褪的月印

彈珠掉落，咒語退散

荒墳中的屍骨翻身

莫札特眼神堅定，穿過房間，走向

門隙那女子一閃而逝的裙裾

驚奇地互相看見
──題陳懷恩八十年代攝影作品

黑夜還會持續很久，我知道
快門一閃
是對光的召喚？
或是對沒入黑暗者的追惋？

隔著時間回頭
我們還可能驚奇地互相看見？

在衣服下有傷痕
傷痕下是幾乎停止流動的血
再裡面
有骨頭在支撐
還是空無一物
除了穿透一切的眼神？

題目引自七等生《初見曙光》首句。

2017.11.17

當你坐上這張椅子

當你坐上這張椅子
它便成為一個蛋
用它的弧度護衛你
咀嚼你的煩憂
孵化你的夢想

當你坐上這張椅子
它便伸出翅膀
讓你平穩地飛
自由地降

有時你自覺是個鬼魂

垮在它身上

它也能感知你的重量

賦予你明確的形體和呼吸

有時你自覺是個晃盪的鐘擺

它可以讓你停下片刻

重新感受

地心和天空的永恆拉鋸

有時你需要離開它

讓它回到時間的草原

構思自己的歌

如果幸運

有一天你會聽見

它唱

2016.11.9

螞椅

沒有什麼比一張椅子

更像一隻工蟻

看似輕盈

卻經年承載著重負

畢生行路千里

卻僅限於咫尺之遙

從食物到窩巢

從滑鼠到電腦

重複累積著

對未來那個冬天的揣測不安

並繼續任勞任怨

不管是因為相信一切警告

或為了忘記一切恐慌

它可曾懷疑過

自身優美對稱的線條

是為誰而造？

與生俱來的刻苦耐操

是為了供奉哪一位上主？

而入夜後，漸漸冷卻的溫度

又是為了帶給它

什麼樣短暫的領悟？

有一天，一隻工蟻

被鍵盤上的 Nachos 碎屑吸引

忽然撞見這張椅子

它瞠目結舌：

一生難覓的奇遇啊

這巨大的冰山

卻作夢也沒想到

與自己有什麼相關

2017.1.30

水上寶座

真主的寶座原是在水上的。

——古蘭經11：7

一張椅子

也可以是一張桌子

擱淺一杯下午茶

幾塊餅乾

一段迷失的時光

一張椅子

也可以是一扇屏風

讓你從站立者的視線消失

讓你回到小孩偷窺的高度

還讓人以為你毫無威脅

一張椅子

也可以是一把梯子

往上

可以踏進風

順便研判遠方戰火的氣味

往下

可以沈入恩寵編織的居所

即使所有的雕飾

都已被手繭磨消

被淚水滌淨

伐倒樹木

剝下毛皮

這是真主的賞賜

也是人的意志

雖然

這張無比舒適的座椅

也跟真主的寶座一樣

始終浮在水上

2017.7.5

放鬆

猴子要放鬆的時候
就掛在樹梢

牛要放鬆的時候
就瞇眼享受牛蠅吸吮的刺癢

鯨魚要放鬆的時候
就在水中倒立

鳥要放鬆的時候
就停在風上

風要放鬆的時候
就會把小孩的帽子吹掉
並把他們的笑聲帶走

只有人

人是所有生物裡

唯一能意識到生命苦短的品種

當他們要放鬆

會選一張躺椅

讓自己不必浪費時間沈睡

也不必浪費時間工作

而是在半夢半醒間

讓音樂洗滌

看八卦雜誌吹出彩色泡泡

任自己發生過沒發生過的恐懼和欲念

隨著潛意識吐向半空

他不必承受

從爬行到直立的進化負擔

反而在退化中

體會到身而為人的快感

像魚在水中

鳥在風中

像風

從他短短的一生穿過

2017.10.19

蝴蝶演化史

莊子夢見自己變成一隻蝴蝶
蝴蝶夢見自己變成一張椅子
椅子會不會夢見自己變成一隻毛蟲
希望門永遠不要打開
沒有人發現它的秘密？

椅子必須忘記自己曾經會飛
乞丐必須忘記自己曾經是王子
小孩必須忘記自己摘到過月亮
——他只能記誦
別人為月亮寫的詩

甚至，椅子不清楚

自己的姿勢

是站著，還是跪著

是藝術作品，還是飛的殘骸

是生之演化，還是死

或者它只是

死後仍會作夢的唯一物種

在夢的象限裡

椅子沒有停止過繼續演化

2018.5.26

重組

——帕拉贊諾夫28週年祭

把自己打碎再重拼起來

我們還是自己嗎？

會不會心被掩蓋了

而突出雞眼？

多出的幾十個關節

會讓我們更容易屈服？

多出的幾十道裂痕

會讓我們更容易呼吸？

那背上的縫隙

會開始湧出翅膀？

重組的藝術

會化我們的平庸為神奇？

碎了的告密文件

可以拼成情書嗎？

碎了的鳥巢

可以拼成帽子嗎？

碎了的生活

卻可以拼成一格格電影

讓災難和歡樂突兀地連結起來

成為一艘不斷進水的碎船

讓你搭上它去參加影展

讓那些含著淚的眼睛

拼成閃閃發光的銀河

2018.7.19

二輪電影院

兩片同映

隨時可以進出

從一部片的結尾

穿過另一部

回到前一部的開頭作結

從一樁愛情的悲劇性死亡

穿過一群吃人的厲鬼

回到初遇的甜美

和賁張的情慾

或是從某人登上王位

穿過外星生物的大戰

回到一個嬰孩被丟棄的夜晚

沒錯，看完漫長的二輪電影

通常都已入夜

我們回到生活中斷的地方

以為能夠繼續

但是有一個黑洞

已經被來自其他時空的碎片佔領

我們回到自己的愛情

自己的悲劇當中

感覺回到了冷漠的親生父母身邊

獨自面對友善或心懷不測的外星生物

而那些

不同時間進出電影院的觀眾

雖然經歷了相同的人生

卻有完全不同的結局

有人帶著厲鬼回家

有人迷失在星系中

留下爆米花

以及鄰座精液的氣味

像精神病患留下一首詩

與被棄的垃圾和嬰孩相依偎

一座城市有二輪電影院

便不需要教堂和收容所

便可以把被丟棄的不相干的故事

回收再利用

讓那些遲緩的

跟不上廣告速度的人

有機會彌補錯過的人生

迎頭趕上

然後走進 24 小時營業的超商

和倦乏的店員

交換布滿血絲的眼神和滋長的癌細胞

有一天他們會被割除

會被治療

會被徹底遺忘

但在此之前
我們仍然每週一次
走進二輪電影院
售票小姐的指甲油
從不剝落
甚至更為閃亮

2015.4.26

經典電影賞析課程大綱 （西方篇）

溫德斯

少年把喝光的可樂罐扔向沙漠

第二天想起來

又出發去尋找

費里尼

水淹過城市那天

一座漂浮的浴缸裡

一個女人在唱歌

巴索里尼

他不敢看自己的裸體

於是付錢看別人的

順便救經濟

布列松

有人只看新聞標題

他只看報導裡

被編輯刪掉的部分

2016.7.22

侯麥

我以為我不愛你

你懷疑他愛你

他欠我 100 塊沒還

楚浮

不該偷的偷

不該愛的愛

做人要不怕比電影更輕率

基頓

穿過大半個美國去睡你

西裝爛了也不脫（脫了剩啥？）

順便給那個討厭的管家 1 號表情

希區考克

金髮是你的錯

愛上金髮是我的錯

警察永遠罰錯人

林區

馬戲團發霉的厚布簾
不斷跳針的老唱片
是一切妄念的許可證

塔柯夫斯基

有狗的地方就是故鄉
有雨水的地方
就可以夢見天堂

柏格曼

人生的封面是一本祈禱書
翻開來是驚悚小說
結構不好的話我改寫人生

布紐爾

一切都是假的
只有電影裡射向觀眾的子彈
是真的

2016.7.22

經典電影賞析課程大綱 （東方篇）

張藝謀

數大便是美

連漫天飛來啃食莊稼的蝗蟲

也是美的

賈樟柯

走遍世界

仍然無法取出

鞋裡的那粒小石頭

王家衛

時間即是空間，空間即是舞步

音樂載著這座城繼續漂浮

一抽掉便粉身碎骨

侯孝賢

今天在圖書館後門又痛快打了一架

不管輸或贏

回家先埋頭多扒一碗飯

楊德昌

君子報仇十年不晚

但十年後大樓林立

每一扇窗只倒映著自己的臉

蔡明亮

錄下排水口傳出的歌聲

治療獨居者的失眠

只是有的人越聽越渴

張作驥

有的黑是因為天生眼盲

有的黑是因為愛上你

有的黑是政府捨不得開路燈

成瀨巳喜男

當浮雲蔽日

正是野合的好時候

（兩人都心想著，卻都不說）

寺山修司

時鐘比時間美

劇場比人生詩意

身體倒下，影子逃逸

李滄東

信神被神棍騙

信鬼被鬼壓

什麼都不信的人在街頭遇見老虎

雅絲敏阿莫

計程車載走初戀

垃圾車載走不忠的老公

幸好還有單車，讓我騎去聞茉莉香

陳翠梅

記得去年在馬倫巴那場車禍嗎？

「不，愛讓人一夜長大」

「不，愛讓人永遠那麼年輕」

2016.7.25

A片

很多真實的尖叫
我們聽不到
卻喜歡聽偽造的尖叫

世界攤開無限春光
我們卻轉身對著牆角
自己高潮

2017.3.31

〔事件簿〕

二二八

這個月
比其他月份
都短少兩到三天

這一天
比其他月份
都提早來到終點

這一天
許多人
都提早見到黑夜
但這一天來不及結束

就
被槍聲打斷
被哭聲打斷
被埋在灰燼底下
上面鋪滿柏油

每一年
都有人為這一天道歉
但從不知為誰道歉

每一年
大家都歡度這一天
踩在柏油上
去看電影
吃 PTT 介紹的餐廳
排隊買換季新品

銅像被蓋上布袋

沒有人知道

他在懺悔或竊笑

多年前的這一天

78 轉的留聲機唱片

曾這麼唱著

有誰依稀記得：

夜做日　日做暝

黑暗過日　按怎出頭天

所引為日治時期台語歌〈夜來香〉，作詞者為陳達儒。

2016.2.28前夕

公牛的腳印

下午的城市爬滿公牛的腳印
如一首歌載滿一整個夏天的音符
但是，可有人真的看見那頭牛跑過？
只見塵沙飛揚、咖啡杯震動
叫床聲和嬰兒的哭聲嘎然中止
午寐之夢與夢接壤的片刻空白
像戴安娜遺體那空空的子宮

佔領海灘的豪華旅館已成為廢墟

佔領歷史的殖民地官邸已成為古蹟

猶如一放再放斑駁斷錯的老電影

是不是也要數位修復重新登場

所有那些各自表述的編劇指南育嬰指南考試指南

一副副勒緊未來脖子的韁轡

都踏滿公牛腳印那聽不見卻充滿恫嚇的聲響

兇手無蹤無影，兇手一直都在

我們輪流扮演律師、法官、污點證人和刑求的警察

像永遠不準的氣象預報反正沒人在意

一切可以推給太陽黑子或歷史時差

點播一首佛朗明哥

端上一盤蒙古烤肉

還有一款匈牙利名酒叫「公牛血」

這些都是公牛來過的證據

首行來自新加坡詩人語凡詩作：「下午的城市爬滿公車的腳印」之誤讀。

2017.6.25

樂天島 (B面)

在一座悲劇的島嶼上一定有樂天的島民
即使地震、颱風、都更，讓他們的財產或親人
一夕化為烏有，也不能阻止他們爬起來
繼續打拚，繼續念經，繼續忍氣吞聲
頂多每週看一次健保給付的醫生

不管是因為睿智或白目
樂天的島民任憑每個統治者的課綱覆蓋自己的歷史
他們學舌，學不像也很自得
持哪一國的證件無關緊要，只要你愛國
就算是黑幫，警察也替你開道

身為奴隸的記憶，讓他們把疫苗當作基因
時而扮演入侵者，掠奪別人的山林土地
時而扮演殖民者，苛扣員工和僕傭的假期
他們給自己的命名都富含高尚的意象
例如洪蘭或曾志朗

家庭失和就怪小三，生意失敗就拜妙禪
黃金套牢就買股票
霧霾穿堂入室就趁機多製造一些口罩
安樂死不成就拿刀互砍
在自己出題的考試裡，拚死拿到高分

樂天的島民有種無可救藥的天真
相信消失的正義有一天會回來認親戚
他們鍥而不捨連署抗議、寫布條、排練行動劇
還要將遊行留下的垃圾收乾淨
並把這些都拍成藝術電影

當惡鄰眼露兇光，有些島民立刻喊出一家親
還在屁股紋上菊花刺青以示歡迎
慷慨割捨小時候的恐龍當作見面禮
無奈即使換了電池還是慢吞吞
徒然洩漏了從遠古活到今日的卑微意志

即使被瘋狂如此折磨
樂天的島民仍然有機會從眼角的餘光看到自己
像同情一尾即將被大快朵頤的透抽
他們也會在咽下自己的觸手時流淚
那種溫柔，讓他們在末日前還有機會被拯救

遠方有人獨立公投了，他們笑一笑，繼續看韓劇

在一座悲劇的島嶼上一定有樂天的島民

2017.10.11

獨立公投

魁北克獨立公投 沒過半
蘇格蘭獨立公投 沒過半
加泰隆尼亞獨立公投 92% 贊成
但投票率仍沒過半

台北市沒經過公投
就實施垃圾不落地
時間一到把垃圾拎到街角等候的人
也沒過半
其他的垃圾
只能改天再倒
還有的丟在路邊
有的堆在樓梯間
也有的直接倒進海裡

不能說這些垃圾不存在
也不能說獨立公投過半了
就可以解決垃圾的問題

很多國家沒實施垃圾不落地
台北市也算實質獨立
沒問過你我同意的垃圾政策
大家也逆來順受 甚至鼓掌叫好

還是想問
那台灣什麼時候公投？

2017.10.11

選舉日的俳句練習

i

等待投票的漫長隊伍旁

孩子的滑板車輾過昨夜積水

腳高高抬起

ii

孩子的滑板車輾過昨夜積水

腳高高抬起

水花濺到等待投票的漫長隊伍

iii

那些幸福或不幸福的夫妻們

一面罵孩子

一面投票決定別人能不能結婚

iv

大家都在排隊，趕不及參加

白髮老人的

薩克斯風實驗音樂會

v

紅太陽昇起了

萬千映照不同面向的露水

一起被蒸發

vi

孩子興奮地看著彩色的魚：

「把牠們抓起來，養幾天

然後吃掉！」

vii

眉毛濃了

眉毛淡了

貓咪在夢裡玩著雲朵

2018.11.24

2018大選之夜

今夜
月亮像路燈一樣大
一樣明亮

但路燈勝出的是
它只會圓
不會缺

電耗盡時
還有會圓會缺的月亮
只是不知還有沒有我們

2018.11.24

選後時光

打字機在打著打字員

——谷川俊太郎

人被糞便排出來

嬰兒被哭聲生出來

沉睡者被夢喚醒

投票者被別人的選票所決定

下雨的日子

雕像無法逃走

晾在陽台的衣服

也只能繼續偷聽

鄰居的氣象預報

颱風後的早上

要去哪裡買早餐

這是被呱呱呱吐出的謝票廣播車

也無法回答的問題

2016.1.17

冰河期的開始

選舉過後
雪降在這座
亞熱帶島嶼

選舉結果總是讓
多數人興奮
少數人痛苦
一如雪
總是讓少數人興奮
多數人痛苦

菜凍壞了
魚凍死了
街貓消失了
爬到一半的候選人
又掉回原本的辦公室
繼續當市長

不能說話的阿嬤
據說在過去一年
多次以手勢拜託鄰床
幫她拔管
終於也在雪降之後
離開了

馬跑了

焉知非福

馬回來了

焉知非禍

我們反覆溫習

來自中國的古老寓言

並持續猜測著

我們的馬還在

到底意味著什麼

有人把雪景

上傳臉書

美麗

卻沒有溫度

而我三個月大的孩子

翻來覆去

睡不著

他用力的哭聲

讓全球的氣溫

回升了 0.1 度

2016.2.3

田中實加，虛妄的目擊者

那些鬼魂爭先恐後來找我

嚼碎我的舌頭，再吐還給我

讓我說他們的話

說不好他們便背轉身哭

那些鬼魂，已死未死的

改我的名字，要當我的外婆

帶我到火車站，要找他們

出生的地方，那些村鎮都半陷在田中

那些舊友都住在樹梢

我只能畫他們，畫不出便畫自己

看不清自己我便畫

憂傷的馬，憂傷的瀑布

憂傷的櫻花，再畫不出我便

偷別人的畫，像他們

偷我的筆，寫他們的故事

像這座半沉的島和半浮的我

永遠背負著

別人命予的名字

鬼魂最好的歸宿便是回家

但失去舌頭的鬼魂

如何與家鄉相認？

或著就來演一台戲

充當招魂

在安魂之後，拆穿之前

我再去賣場偷一雙鞋

剪掉標籤，看能帶我

走向何方

2017.1.14

結婚週年

我們結婚週年這天

有驟雨也有陽光

我在暴雨中騎車趕路

雖有 39 元黃色雨衣還是裡外透濕

你則和肚子裡的小孩在火葬場

等著老友火化

成一把灰

這一年我們去了好多地方

但更多是在剝落的屋頂下

聽唱片一圈圈輪轉

等衣服風乾

等熱湯變涼

等倔強的貓咪心軟

我們挪挪位置

再多養一個小孩

再多養一隻無家可歸的貓

再多養一些或苦或甜的盆栽

還有夢裡遠遠近近的

海豚歌聲

再多養一些週年紀念

我們結婚週年這天

一群中學生衝進了教育部

被警察反手銬起

在地上拖行

被部長提告

他們要的很簡單

他們要的不會比我們更多

一樣是可以呼吸的雲彩、可以墊高望遠的肥皂箱

一樣是脫去不合適的帽子、揮舞自己旗幟的自由

而不願死盯著倒影，在昨日的謊言裡

幻想明日的生活

你肚裡的孩子踢踢打打

他也不要來到一個

雙手被反綁的世界

（雖然就是有人讚賞

反手彈琴的特技）

先喝一杯火龍果汁

讓他安穩地休息

明天，以及下一個明天，我們都需要

繼續戰鬥的勇氣

2015.7.24

我曾經死過

——紀念林冠華

我曾經死過

5 歲時從疾馳的火車往外探頭

當對向來車轟然切過

的同一瞬間我猛地縮回

被撞醒的爸爸呢喃抱怨

他不知道兒子在那一刻已死過一次

我曾經死過

當放棄一切去追求的戀人

忽然將我放棄

在深夜的大橋上

我看見自己沉入水中

了無痕跡

我曾經死過

以自焚、以衝撞官府

以密謀刺殺未遂的方式

一次又一次

死亡那麼吸引我

用最大的恐懼輕易戰勝世間所有的不義

但至今我仍活著

仍半睡半醒著

直到另一個年輕的生命

在面前消逝

也許那就是我

一千個不甘願的我

在沒有選擇的時刻

所做的選擇

在沒有縮身回來的那一瞬間

決定了

他活在彼岸

而我們死在當下

加把勁

衝出水面吸一口氣

我們還能在再死一次之前

游得更遠

2015.7.31

水牛記
——馬習會有感

鹿指馬為鹿
馬專門拍別人馬屁
魚說子非我安知我不知蝦被食之樂
牛從不吹牛

1960 年代機器牛開始耕田水牛於是銳減有人說牛代表台灣
人刻苦耐操的本性被賣不喊幹要嚼嚼不爛只能製成牛肉乾
最後剩下幾頭做保育苗栗便有一座水牛城好奇的人可以去
摸摸看重點是免門票不過縣政府應該不是因此破產我們關
渡校園也有兩頭每天吃草泡水沈思任憑幾隻鷺鷥不知為何
跟在身邊跳跳看了幾年也沒見他們握過手我想因為他們
知道彼此是同胞

2015.11.07

沒有別的愛

從小我只用黑人牙膏刷牙
口氣清爽，講話都理直氣壯
除了黑人牙膏
我沒有別的愛

雖然它的名字東改西改
以前叫 Darkie，現在叫 Darlie
但這四個不變的中文字陪我長大
我沒有別的愛

有人中傷它含鉛又含殺蟲劑

不過別的品牌也沒好到哪兒去

重點是我一見牙膏上的笑臉就開心

我沒有別的愛

牙醫說我得了牙周病

還說什麼牙膏不重要

是我刷牙方法不好

對不起，黑人牙膏，害你受了拖累

我喜歡黑人牙膏的廣告曲

張清芳、陳綺貞、徐佳瑩的版本讓我永遠年輕

聽說黑人從不用黑人牙膏，我終於釋懷

這是我不容挑戰的愛，即使它沒人愛

2016.7.15

給我給我

給我一針

給我一針

讓我百毒不侵

別人死過的我不想再死

別人活過的我都要活

若你發現我有病那肯定是

你有病

給我一棒

給我一棒

讓我長眠不醒

來世的人生只有全壘打

來世的變態都被我戳穿菊花

我會接手中國所有快倒閉的工廠

把每根鐵杵拆解成十萬支繡花針

2017.6.24

中華文化復興運動

很抱歉我不懂茶藝

不管生茶熟茶，我都要等涼一點才能喝下

下午四點以後我就不喝茶

以免半夜睜著眼睛說夢話

很抱歉我不懂刻印的藝術

刀要硬刻上石頭我老怕他們割到手

我看不懂自己印章上蚯蚓般的筆畫

以前一個 50，現在 300，一樣要花 15 分鐘

很抱歉我不懂古詩
只曉得所有人都叫我「更上一層樓」
春聯先念左邊右邊永遠苦惱著我
李白杜甫我只知他們都死於橫禍

很抱歉我不會欣賞仕女圖
那些女人長得都太像
只有 AV 女優的照片會讓我有非非想
雖然我也說不出女優們有什麼不一樣

很抱歉我不會欣賞寺廟

那些佛像都又亂又暗又髒

那些香油錢承載的那些自私的願望

到底實現到哪去了而世界又改變了多少

很抱歉我沒讀過紅樓夢

我只嫌電視演員的妝都化太濃

勾心鬥角純真失落這些我也嘗過

而且所有故事的結尾全是別人代替你完工

我分不清孔子和孔明
弄不懂到底法家儒家還是全家才是我家
叫我中國人我充滿罪惡感加三分害怕
怕自己的舌頭捲不出一朵花

2015.8.11

聞中國人工智慧出版詩集

像一台作夢的榨汁機

你反芻再反芻

那些一世紀來始終睡不著的人

吐出的句子

試圖從他們身上

榨出新鮮的果汁

在你的夢裡

可出現過自焚的僧侶

抗議的學生

一次又一次上訪中

備受凌辱的農民

或是跳樓的工人

你可曾抵達基因裡的

那一道紅線──

一邊是肆無忌憚的陽光

一邊是失了引力的黑洞

但有時你的良夢裡

還是會有殺不完的人

畢竟在這片沒有盡頭的陸地上

人不過比機器多了一口氣

而你比人多出的一絲惻隱

會想讓他們少些煩惱

當個完美的機器

還能寫詩

把他們無聲的生存

翻譯成

隱喻的隱喻

2017.5.23

肩膀與天空

——文革五十年祭，兼奉四方田

那個啃過我肩膀的人

多年來還不時會出現在胡同裡

帶著刷子油漆全新的標語

直到那面曾貼滿大字報的磚牆

被一輛卡車運走

換上宏偉的商場閃閃發亮

他也從此不知去向

那個被我啃過肩膀的人
現在還在銀行上班
他應該不知道啃過他的人是我
他應該不知道
但我嚴厲警告孫子不要在學校招惹他孫子
我也從來不靠近那間銀行
直到家裡被銀行查封

那些人都啃過別人的肩膀
你們現在不啃了嗎？
大家換上假牙，以為就可以忘記
酸了五十年的牙床，也可以忘記
骨頭長年暴露在陽光下的刺痛
但我認得出那些鬆垮的肩膀
它們以為還頂著天，其實天早已塌下

2016.10.6

續集

——給劉曉波，兼致黑牢裡的異議份子

第一次，我分不清
是你病了
還是世界病了

你病了
可以確定
你的死亡全身蔓延
你的雙腿已垂掛在黑洞邊緣

世界病了嗎

我不知道

熊貓還在動物園夢想來生

主席還在講壇上高談闊論

醫生都被關進了病房

卻沒人可以為他們開門

那些寓言說的都是真的

這是個螞蟻嘲笑蟋蟀、狐狸吞掉烏鴉的世界

那些預言說的也都是真的

末日，末日，末日的後面

還有末日

第一次，我願意相信迪士尼的糖衣

好人得救，壞蛋痛哭悔悟

無論你是老鼠、鴨子或蜘蛛

都可以有演不完的續集

2017.7.9

一個人vs.一個國家
──祭劉曉波

一個人死去
一個國家的夢醒了

其實國家沒有睡著
它只是在假裝作夢
它在蚊帳後睜大眼睛
看有誰膽敢作自己的夢
有誰膽敢在夢裡唱自己的歌
有誰膽敢指鹿為鹿、指馬為馬

國家沒有睡著
它的收銀機 24 小時還在數錢
它的戰士 24 小時在網路上四出偵騎
活埋那些冒出頭來的風信旗

國家把自己的病

傳染給那些不寐的肝臟

讓它們無法再排毒

無法再使喚四肢自由行動

國家還把自己的病歷彩繪為詩歌

要求所有被它指認為子民的人

汗流浹背地記誦

一如 28 年前那個炎熱無比的夏天

這個夏天也好像永遠不會結束

一個人死去

那些被洗淨的血

又熱滾滾從廣場上冒出

撲上黑暗的閘門

只有重病的國家死去

每一個人才能活著醒來

2017.7.13

自由人

——記《同時代人——劉曉波紀念詩集》出版

飲一杯，就此一杯

然後投向大海

不是消溶於自由自在的水中

就是撞死在玻璃牆面

．

關門前，先關窗

關窗前，先蓋起這密閉的高樓

讓更多人一起遮風避雨

把廢氣統一口徑排出去：

這就是城市，這就是工廠

這就是國家，這就是

抵擋一切威脅的溝渠

．

民主就是多元

你可以選擇當青蛙，也可以選擇當黃瓜

同在一鍋，煮熟了都是菜

你可以選擇當火，也可以選擇當水

吃的人不會計較

.

時代坐不住，時代要起身

奔跑，往前往後都好

椅子是給空想的人坐的

柏拉圖早說過空想的人都該被放逐

——我也是讀過書的。

2018.2.3

問自由
——聞劉霞搭機離京

飛機衝入天際

魚張口呼吸

自由有時看來容易

卻艱辛

有時像踏上被洗淨的廣場般輕盈
卻被地下的淚水灼燒腳底

有時像一把鑰匙插入錯的鎖孔
只能導致被絞扭的痛

有時像公園椅旁的空酒瓶
只能舔舐昨夜的快意

有時像監獄窗外的陽光
如此刺眼卻遙不可及

有時像孩子的問題一般難以回答：

——惡龍為什麼要追王子？

——我長大可以變成別人嗎？

——你為什麼愛我？

問題盤根錯結，唯一能坦然解答的只有

——到了嗎？

一片綠林。

——到了嗎？

——還沒。

一牆塗鴉。

——到了嗎？

——還沒。

一座戰火摧殘卻依然屹立的教堂。

——到了嗎？

——到了！

2018.7.10

草地與劉霞

——兼致亦武、楊璐、惠君

打飽了氣的游泳池，水才灌一半
孩子們已等不及將玩具丟進去
他們有的在彈床上蹦跳
有的在撿拾草地上的蘋果
扔到樹叢裡說要餵刺蝟
陽光移動迅速，大人們於是
調度起遮棚和傘，並端出
西瓜、藍莓、杏桃和蛋糕

這群孩子名字有三個「樂」字
——這是媽媽們剛剛發現的
爸爸們則談論自己的樂器是在獄中還是哪裡學的
他們也在揣測，那個坐在一旁微笑的女人
在想些什麼

她看著這尋常的草池、尋常的陽光
友情無私的分享、還有看不見的刺蝟
她知道這一切並不尋常
有人賠上長年的監禁、長夜的哭號、甚至粉身碎骨
也換取不到

游泳池的水溢濕了一片

不打緊，幾個小時後

雷聲和雨水會重新洗刷

這片尋常的草地

讓它長得更繁茂

2018.7.29

吃鬼的人

——贈春明爺爺

人說吃肝補肝

吃鞭補鳥

吃過鬼的人

半夜精神也特別好

聽見有時鬼語喧嘩

有時隱忍低泣

有時則像一場球賽報導

激動得窗格子也顫慄

初生兒夜啼
媳婦嫌鄰居電視大聲
他說
那是阿公吃的鬼
在罵罵號

不過下午散步
鬼也會借公園的老樹還魂
隨風窸窣一些故事
孫子聽得呵呵笑
吃鬼的人打了個嗝
自己在樹下睡著
口裡還咿咿呀呀像個嬰孩
用鬼話和競選宣傳車爭吵

2016.1.2

同志

他們說他們沒有錯
錯的是你

他們說他們想像的你沒有錯
錯的是你真正的樣子

他們說他們的方向沒有錯
錯的是幫你找到自己方向的人

所有他們喜愛的，都鑄成信仰
所有他們嫉妒的，都叫做誘惑

你想說
他們沒有錯
你也沒有錯
你說不出口

你想說
愛沒有錯
不愛也沒有錯
他們說錯

他們說錯
錯錯錯錯錯錯錯

錯的是雨林、雲豹、蘇門答臘犀牛

所有自在生長、卻瀕臨絕種的生物

錯的是從聖誕老人雪橇上

不堪負荷而逃走的麋鹿

錯的是愛上一個人

卻被指為變態、噁心、邪魔附體的白娘娘

錯的是世界本來的模樣

你想問

文明是改變本來的世界

還是理解本來的世界

你想問

紅豆綠豆才能配成一對

還是有愛才能配成一對

你想問

信仰是一面濾鏡

一眼針孔

還是一道彩虹

你想問

你還想問

但你在開口之前

他們已經說你錯

那就錯吧

畢竟地球原本就是傾斜的

否則也不會出現四季

讓我們平靜地、樂觀地活在一個錯的地球上

讓那些對的人

活在自己想像的地獄

他們稱之為天堂

2016.12.14

月亮後的彩虹
—— 為傳聞某同志自盡而作

月亮把藍天鵝絨扣上了
要你相信
後面並沒有秘密

其實後面有海一般
捲動的彩虹
只是黑夜看不見

希望離去的你
終於看見了

而那些沒有勇氣凝視彩虹的人
讓他們看月亮就好了
只有月亮
不會責怪他們

但我們答應你
我們會更相愛
不管別人覺得我們可愛
或是可恥
我們會記得你
記得你讓我們在面對黑夜時
看見彩虹

2016.12.13

伊卡洛斯輓歌

有時你覺得石頭比較堅實
有時你覺得蘋果比較深遠

有時你想逃離城市的人工夢境
有時你想躲開大自然的蚊蠅

有時你信仰一件制服
有時你渴望赤裸的身體

有時生命比死亡黑暗
有時墜落比飛翔自由

有時你想要未來趕快來
有時你寧願時間停留在昨晚

有時你追求整座星空的交響樂團
有時你只想聽見孩子的咯咯一笑

2017.9.7

螢火蟲記得

　　——給黎明幼兒園

暮春的幼兒園

螢火蟲在寧靜的夜裡

彷彿一隻隻發光的眼睛，在對你說

牠們記得

螢火蟲記得

孩子們在草地上奔跑

露水浸濕了鞋襪

牠們記得阿公種的桃花心木含苞的仲夏

阿嬤種的枇杷吐出黃白花瓣的初秋

牠們記得每到四月

抱在臂彎的孩子一伸手

就可以握到青青的芒果

螢火蟲記得

那座大象溜滑梯怎麼一塊塊拼湊成形

讓孩子們開心得喊到臉都紅了

牠們記得水牛怎麼拖著牛車示範教學

而無家可歸的孔子

有一天也選擇這裡寄居

牠們還記得殖民者喝叱的口令

建商和黑道脅迫的言語

還有那些長大了、變老了的孩子

重訪時的歎息，有如颱風過後

翻倒的課桌椅

螢火蟲只有十天生命

卻好像什麼都不曾忘記

而能活幾十年、有能力重劃歷史的人類

卻什麼都不願記起

或許人們只想看馬路

呼嘯著通往未來

不想知道他們的孩子

也需要一片和螢火蟲一起生長的草地

你嫌棄螢火蟲的光

比不上路燈那麼耀眼

或許有一天也可以讓路燈亮到世界末日

再也不需要黎明

2017.4.24

一條回家的路

—— 為馬躍、巴奈、那布，和凱道上的原民朋友而作

你說對不起

你說抱歉

你說過去的錯誤絕對不會重複

你說他們不該殺我們

他們不該搶奪我們

他們不該趕走我們

他們不該把有毒的垃圾丟給我們

你說對不起

你說抱歉

你說再見

你說辛苦了，回家吧

然後你跟我們拍照

然後轉過身去

然後你把門輕輕地掩上

輕得沒有人聽見

你說回家吧

但我們的家在哪裡？

我們的家

以前當天上掉下小米的時候

我們會唱歌

當天上掉下飛魚的時候

我們會跳舞

當天上掉下山豬的時候

我們會感謝祖先

可是現在

天上掉下一座座度假村

一座座遊樂場

一隻隻仰天長嘯的怪手

我們該哭，還是該笑？

該感恩，還是該祈禱？

釘子落在我們的土地上

是要怎麼走路？

火焰落在我們的森林裡

是要怎麼飛翔？

這一切我們很樂意跟朋友分享

但是這些朋友叫不出我們的名字

卻先拆走我們的屋頂

種下他們的路標

回家的路消失在地圖上

也消失在夢裡

我們只好就地坐下

把馬路當作枕頭

把來自太平洋的風

當作希望

用歌聲

重新鋪一條回家的路

讓我們的子孫

不用再聽你的抱歉

不用再聽你的再見

不用再看你的背影

我們的家，也是你的家

我們一起回家，好嗎？

2017.5.26

暴雨已至

——記原住民凱道抗爭百日遭警力驅逐

像把累世的怨怒

朝人類世界傾吐

暴雨沒頭沒臉地下

馬路變成了河

高架橋變成了瀑布

工地變成了湖

只有統治者的城堡

屹立不搖

只有警棍

仍像閃電一般兇猛

把一群逆水求生的原住民

驅離一條以原住民命名的大道

不管換了什麼旗幟

人民還是必須謙卑

再謙卑

只能把屈辱化作嘶啞的歌喉

只能把心願畫上七彩的石頭

但是雨會停，水會退

沉在水底的

仍是那些憤怒的石頭

讓我們向暴雨學習力量

讓石頭長出翅膀

朝那權力傲慢的城堡

讓石頭飛

2017.6.2

我現在沒有時間了

——為抗議勞基法修惡的絕食勞工而作

我現在沒有時間了

時間在你們手裡

一週八天，一年六季

你們是上帝，而我的肋骨和脊椎

已經被你們統統收去

我現在沒有時間了

我會在駕駛的時候睡覺

看護的時候夢遊

蹲馬桶的時候吃便當

抽菸的時候抱小孩

而你們

在開會的時候數錢

度假的時候數錢

打炮的時候數錢

其實根本不用數

榨汁機的鉛管會直接通往

你們家裡的保險箱

我現在沒有時間了

鬧鐘在你們手裡

但我不打算交出我手裡的電池

我不打算交出我的脊椎

我不打算交出我的孩子和我自己的

那一點點抬頭看天空的時間

我不打算交出我的天空

土地需要時間才能肥沃

毛蟲需要時間才能變成蝴蝶

我需要時間才能呼吸

你也需要時間

才能認出鏡子裡的自己

2017.11.22

平安夜曲

平安夜到來前並不平安

老婆被家暴，事由是

兩歲的兒子在阿嬤家浪費了午睡時光

把床鋪當遊樂場，又踢又踩

害她遍體瘀傷

到了晚餐時，兒子才邊吃邊睡

難道是遺傳？我想起

有一天自己說要離開

曾經那麼愛過我的女孩

從此吃苦當吃補，最後躺在路邊裝死

而那女孩，後來信了主，想必

平安夜會非常忙碌

那是真的，平安夜到來前並不平安

就在昨晚，我的朋友

在火車站被圍住回不了家

他們去抗議一部血汗勞基法

那些同樣過勞的警察

卻用盾牌、束帶、押到野外丟包

來保護他們

卑微的選民，怎麼跟八點檔的多金美女

命運如此相近？追求的人不斷

卻沒一個真心，甚至還會遭到

拳打腳踢。他們的新生兒在馬槽裡

已帶有肋骨間的刀傷

平安夜到來時我們仍愛著

愛著那從未發生過的真正的革命

嬰兒的哭聲，母親的哭聲，遭背叛的情人

在臉書上迅速被覆蓋的詛咒

平安夜，那些不同信仰的自焚者、炸彈客、低端人口

聽得見音調參差的合唱嗎？

我懷念起平日偶爾出現的爆米花車

砰的一聲，驚天動地，但那不是煙火

不是砲擊，不是催淚瓦斯，也沒有音樂伴隨

爆完後，香味隨熱氣瀰漫整條巷弄

有爆米花的日子，孩子滿意

加班夜歸的父母拎著，心頭也踏實了

2017.12.24

樹

走著走著我就老了。斑鳩來築過巢又走了。蜜蜂來築過巢又走了。螞蟻來築過巢又走了。掛過風箏，掛過電線，掛過吊索，也掛過鮮豔的布條。指望清風，也指望二氧化碳。指望春天，也指望秋天。指望開花，也指望果實落下。指望松鼠爬，指望孩子爬，可不要踩太重。女孩在這裡等待過又走了。另一個女孩在這裡等待過又走了。而那個男孩，在我身上刻下一個字，也走了。那搔癢及刺痛我記得，有一種鳥啄過我，像敲打祈雨的鼓聲，像醫生叩問我空洞的心，像一試管的硫酸注入冬天。走著走著我就忘記有多老了。我曾期望早早腐朽，成為一截星空下的遺言。如今我希望自己能成為課桌椅，繼續讓學生踩踩踏踏，刻劃那些考過就忘的答案；或鑿成一艘船，航向瓦憂瓦憂島；或一個酒桶，再半醉半醒一百年。

然而挖土機來了，旁邊那個打著領帶的人說：「反正他一輩子都站在這，去別的地方走走，也好。」什麼話！我站在這裡，但也漫遊了整個世界。

2018.1.19聲援松菸護樹運動

孩子與樹

孩子像樹一樣每晚生長

在沉睡中反芻，接通更多連結世界的根鬚

但是為什麼我們沒有像給行道樹斷頭一樣

　　　修剪孩子

打斷他們的手肘和膝蓋

讓他們不致阻攔我們的視線

——還是其實有？

我想知道那些未經修剪的樹（比如森林裡的）

　　　出了什麼問題？

我想知道那些剪刀上的汁液是苦的還是甜的？

我想知道那些無家可歸的孩子去了哪裡？

他們會不會在廟門外醉醺醺地享受從前被剝奪的陽光和

雨？

他們會不會對所有無知的人產生恨意？

他們會不會用逐漸發炎腐爛的肩胛

　　　接待那隻無枝可棲的鳥？

他們會夢想一個轉型正義的法庭

　　　還是夢想星星？

2018.7.22

詩人節前夕聞詩人被告有感

看見人家用手壓含羞草

他也去壓一下

好好玩

你學我

我哪有學你

含羞草是公共財

人人得而壓之

再講叫警察抓你

兩人吵起來

兩人的朋友打起來

警哨吹得震天響

一整片被踩爛的草地上

有一小葉含羞草

本來覺得今天天氣很好

想寫一首詩

2016.6.8

詩不能跟詩擺在一起

詩不能跟詩擺在一起

它們有——

共同閃避的東西

共同炫耀的東西

共同欲言又止

的時刻

就像在舞會裡

太多太多的紗裙

讓你急於尋覓一個

穿素樸 T 恤的少女

詩不能跟字典擺在一起
它讓它的解釋顯得笨拙
它讓它的靈巧顯得輕佻
詩不能跟鑰匙擺在一起
它沒有鎖，卻有太多秘密
詩不能跟唱片擺在一起
它的溝槽充滿砂礫
唱頭一放下肯定會跳針
詩不能跟枕頭擺在一起
它早已乾涸，而夢卻如此濕潤

詩只能孤伶伶走在街頭
被視為妓女，卻沒人想搭訕
詩可以跟遊民躺在一起
畢竟他們都像含羞草
只能看到他們蜷縮的樣子
卻不知被誰碰過

天若放晴，詩也可以

跟小孩玩在一起

只有小孩不計較它的邏輯跳躍

他們也都擅長徒勞的遊戲

花整個下午建一座城堡

然後棄之不理

詩更喜歡跟蠶蛹一起冥想

然後一個長出翅膀飛走

一個被留下，一具殘破的屍殼

對著那閃爍不可及的迷茫星河

2016.2.22

文藝青年（或中年爺們的養成術）

像別人一樣，他年輕的時候

也寫過詩。以感受、知識、美學手段

跨過眾人疲憊熟睡的身軀

以輕狡的步伐獨自登頂

呼喝幻想的雷電

與永恆的日照拔河

讓眾人醒來時，只見他透明羽翼

在天光下反射的虹彩

而只能低首膜拜

內心深處他知道，這不只是一場競賽
而是一場場戰爭
毫無章法的人，只能緊抓詩筆
在獎與獎、門與派之間攻伐
工於計算的人，便從事蒐集、統計
累積空包彈的指數，用來搶灘、升等
而那些不好好寫詩的，活該被生活
捲進絞肉機裡
僥倖死裏逃生，便將他們的下半生
奔波於靜坐、絕食、臥軌
與拒馬和盾牌拔河

摒棄俗務，他持續讀書，也熱愛書中那些

奔波於道途的黎民

日夜苦思治理的王者之道

他西裝筆挺，永遠不會把怪手

開到你家，不

他只會幫怪手的老闆

撰寫永不兌現的美麗承諾

興來還歌頌一番老闆的夫人

至少他夢見李白時，曾被這麼傳授過

夢見更多先聖先賢後，他恍然大悟：

「歷史的暗流之一

是細緻的靈魂和粗糙靈魂之間的傾軋。」

為了擠身細緻的靈魂，無須再度登頂

他就住在山頂，並申請

合法開採權

而為了教導那些粗糙的靈魂

最好制訂法律，讓他們自幼背誦

咒語般的經典話語

為了做最後的守夜人

守五千年最後一盞燈

面對一切異議的聲浪

他只報以嘲哂

——你們怎能了解

一個寫過詩的文藝青年的抱負

鐘聲悠悠，這些俗事

爺們是不在乎的

詩中引用余光中、羅智成、管中閔詩句，純屬美學思辨，無須對號入座。

2018.1.9

拜託你不要寫詩

——閱某學院文學獎詩稿有感

拜託你不要寫詩
倘若你只是讓你的舌粲別人的蓮花
而忘了自己的味覺

拜託你不要寫詩
倘若詩只是你的萬花筒
而不是潛望鏡

拜託你不要寫詩
倘若你只願享受虛構的死亡
而不去面對每天真正的死

拜託你不要寫詩
你以為詩是高貴的醇酒
其實它可能是巴拉松

看看你被蚊子叮的疱
它讓你又痛又癢
或是看看你的老二
它讓你又臭又爽
它們可能是你的存在中
最接近詩的部分

拜託你不要再寫了
因為我寫的這首才是詩
即使它是一首爛詩

2018.1.9

一個滿身油污的半裸男子出現在觀眾席

沒錯，我是在找。你知道我在找什麼嗎？我在找廁所。
如果你知道火車站在哪裡，請告訴我。如果你知道加油站
在哪裡，請告訴我。如果你知道麥當勞在哪裡，請告訴我。
請不要被我的外表嚇到。我不會在你的袋子裡放炸彈。我
不會偷走你的小孩。我甚至不會偷走你的錢包。我只想唱
一首歌給你聽。你已經有 iTunes 了？對不起。但是我也沒
有故事可以賣給你。「爸爸，可以說一個故事給我聽嗎？」
「故事已經隨你媽媽一起埋到地府去了。」今天的奧菲還
會把墳挖開嗎？不會。他會把妻子埋得更深，為她唱一首
歌，把吉他砸爛，然後再去買一把。（在墳上撒尿倒是好
主意。如果你知道墳場在哪裡，請告訴我──什麼？已
經改建成商場了？那也可以。如果你知道商場在哪裡，請
告訴我。）用一把新的吉他，他也只能唱同一首老歌。你
知道他會唱什麼嗎？民主。自由。但是今天的民主只是選
出一個法西斯的騙子把你們的嘴都封死。以前的民主也一

樣？對不起，我錯怪你們了。今天的自由就是你可以在人造草皮上蹦跳、吶喊、唱歌跟遊行，只要你付得起租金。今天的孩子沒有時間聽故事，他必須學習十八般武藝好讓自己具有競爭力。還要讓他知道如果不想變得跟他的老師和爸媽一樣就是社會敗類。從樓上跳下去也不會有人鳥你。你的臉會被馬賽克，除非你當過歌手。奧菲也是歌手啊！你知道他會唱什麼嗎？轉、型、正、義？我知道這四個字怎麼寫但是我不懂它的意思。正義不就是正義嗎？怎麼轉型？是指那些劊子手仍在領豐厚退休金的正義？是指那些告密者仍在掌管我們法庭的正義？是指那些剝削者仍然在把土地、天空、森林、還有活生生的人吃乾抹淨不吐骨頭的正義？這樣轉得徹不徹底？什麼？我錯怪他們了。他們會吐骨頭，他們會吐出廢水、廢土、廢料給我們這些廢物。就像我身上沾的這些東西一樣。我有點臭，抱歉，但是古希臘的詩人也一樣。他們可能穿得比我更少。對不起，你擋住我的陽光了。所以我該離開？太好了，我懂了。如果你知道火車站在哪裡，請告訴我。如果你知道加油站在哪裡，請告訴我。如果你知道麥當勞的屠宰場在哪裡，請告訴我。我會試著把自己賣一個好價錢。

2018.8.9

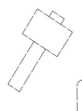

〔瓶中信〕

翻譯軟體

替我把英語翻譯成英語

把中文翻譯成中文

把站著的中文翻譯成坐著的中文

把室外的英語翻譯成室內的英語

把呼吸翻譯成喘氣

死亡翻譯成越來越甜的記憶

把一根煙的時間翻譯成

960 萬平方公里的霧霾

把行走翻譯成行走

不管你走到哪裡

最後剩下的

就是我們稱之為詩的東西

而漏失的

是一個孤獨的人

整整的一生

2015.8.7

安多飯館

烈日把街道烤得搖搖晃晃
這不開燈的小店自然陰涼
攢著零鈔的乞討者
絡繹穿梭：
心不在焉的小孩，花布蒙面的少婦
皺成一截朽木的婆婆，還有一家
女人背著嬰兒，男人背著一袋家當
露出半支掃帚的草桿
他們在桌旁停步少頃，然後移往下一桌
剛吃罷的喇嘛抹著滿頭汗
順手把面紙往桌下扔

他叫的是麵皮，我吃麵條

但味道並沒兩樣

切碎的菜葉、青瓜、番茄、香菇

再也認不出它們的原貌

電視上播報帝國遙遠的那端

須嚴防豪雨

轉另一台，抗戰劇被配上了藏語

穿中山裝的男子悲憤地說：

「我不能離開這裡

這裡有我的理想，也有我的仇恨」

2015.8.2

無辜之歌

那些被栽在沙漠裡的英雄雕像

是無辜的

那些倚著氂牛擺 pose 的少女

是無辜的

那些切過海平面的水上摩托車

是無辜的

那些像槍炮一般的煙火聲

是無辜的

那些在風中逐漸老去的經幡

是無辜的

那些越來靠近篝火的鬼魂

是無辜的

那具在一旁默默等待的滅火器

是無辜的

聶魯達彎身如弓

撿拾散落的柴火

山那邊的寺廟裡

有人在讀他的詩：

請來看街上的血

請來看

街上的血

來看街上的

血！

猴子的故事

一隻猴子

要變成令人尊敬的人

十分困難

卡夫卡就提出過報告

一個人

要變成令人尊敬的猴子

相對容易

讓他變成科學家

讓他一心愛國

讓他給一隻猴子

戴上眼鏡

關在籠裡

眼睜睜看原子彈爆發

然後檢驗牠

下班後

科學家回到宿舍

摘下眼鏡

隱隱有種預感

幾十年後的一所紀念館

會有一首獻給無名英雄的詩

歌頌他

2015.8.9

青海湖詩歌節朗誦詩晚會直播集句

是詩人製造了神

它想要從憤怒中哭喊著衝出來

儘管你早已不再是你

感謝南朔山天然富鍶礦泉水的大力支持

2015.8.10

聞以色列通過種族隔離法

挨了左邊的人一巴掌
還給右邊的人一刀

拔出斷骨裡的鋼釘
釘上別人的額頭

四海為家
所以任何人家都是我的港口

螞蟻和毛蟲的屍體不算
每一滴寶血都是純淨的

2018.7.31

海的搖籃曲

——給3歲的難民Aylan

我不知道地球的經緯

我不知道洋流的方向

我只知道我該逃離的家鄉

有人說大海很危險

有人說大海很溫柔

我只想它載我去任何一個

不屬於我的地方

大海運送那麼多遊輪、商船、軍艦和海盜
為什麼就不肯運送我？
大海包容那麼多魚群和蝦蟹
為什麼就不肯讓我存活？

在家鄉我無法呼吸
在海裡我無法呼吸
為什麼我不是家鄉的一隻鳥
海裡的一尾魚？

為什麼我不能當一個小孩
在惡夢侵襲時
可以醒來？

世界分成兩半
一半是殘暴，一半是冷漠
我的生命也分成兩半
一半是黑暗，另一半是更黑的黑暗

在這兩半中間的縫隙

我跌了下去

下面，沒有底

我看到你伸出的手

對不起，那真的太遙遠了

我拉不到

對不起，我沒有抓住這個世界，讓它變得更好一點

我沒有辦法讓每一個人站立的土地，都成為家鄉

像郵差把無人認領的包裹帶回家

我懂了大海的溫柔

只有它願意收容我

就讓我留在這裡吧

彷彿聽見我的心願

媽媽在海中唱出了

久違的搖籃曲：

Nami nami ya saghira

Nami nami ya saghira……

所引為阿拉伯的搖籃曲，意為：睡吧睡吧，小寶貝。

2015.9.6

在世界的盡頭說早安

——致鈴木忠志

每個族群都有自己的神

或者名號有異，癖好卻都相同：

喜歡煙火

興致一來，不管是不是節日
他們便放起各式各樣的煙火
有的飛旋如導彈，有的繽紛如化學彈
有的巨大壯觀，如原子彈
他們更喜愛爆炸結束後，煙霧隨風飄移
把發著抖的森林，繚繞成縹緲的聖山
而底下奔逃的動物
則是福祚綿延的神的遺族

諸神一個一個被流火射瞎
但他們仍著迷爆炸的聲音
並熱中搶食土石流裡的野豬和水牛、河川中
被毒害的魚
一面暢快地排洩到海裡

在煙火消逝後的黑暗
一個孩子握著一把鍋鏟，那是媽媽留給他的
還有一桶清酒，要長大了才能喝
他在等著長大的那一天
要逃出這所病院

到了那一天
諸神高興地喊著
聽！神族的孩子來了
他會來幫我們放煙火
他會保佑我們長命百歲

孩子來到時，對他們深深鞠了一個躬
說早安
並且舉起了鍋鏟

2015.9.6

死亡與電影
—— 達達主義百年祭

一隻鹿出現在街頭

牠看著我，彷彿我才是異類

我回過身，街道很熟悉

但我已迷失方向

街上是誰的血？

樓房的後面，為何是海洋？

粗野的色情的音樂，從垃圾箱裡冒出

難道那才是我嚮往的地獄？

一隻鹿的骸骨出現在街頭

卻沒人注意

多數人吃著漢堡匆匆走過

少數人走得慢點，他們在拿手機抓怪

只有我和 Tristan 停下來

他還在講昨晚的夢，我卻不耐煩聽

他指著骸骨說，那是死亡的美麗容器

就在街頭我們狠狠打了一架

躺在地上，看天空為我們放映的電影

就算一百年這麼過去，也不會有人發現

電影裡，我們都上戰場去殺戮

我們都欺騙了心愛的人

每個嬰兒牙牙學語的「達達」，都變成了機關槍聲

把世界再毀滅一次

讓亢奮的人哀傷，讓孤獨的人

在故鄉繼續流浪

2016.10.6

巨石陣

忘了被誰豎立在這裡
曾經，為了崇敬諸神
此刻，只為自己存在

一度與造物者靈明相通
如今斷了聯繫

也好

一如那些日日來朝拜的美麗生物：

興奮的情侶、疲倦的孩子、孤獨的老人

他們多半一生只來一回

就像那些不通往何處的橋

那些聚攏又吹散的雲

不與任何人相關

也無人為他們在意

未曾擁有任何以我為背景的相片

反正我只是他們的影子

太陽下山

影子就消失了

2018.7.4

夢見柏林

我夢見過這座廣場，賣香腸的小販

在新興的巨大陰影中遊蕩

我夢見過這道牆，雖然

它的磚石已被移去建造新的牆

我夢見塗鴉下的醉漢

跟聖壇上的聖子一般安祥

我夢見過這所博物館，兩週前

有人在這裡被警察射傷

真的嗎？幸好我不在

可惜我不在

我夢見過那些迎風的旗幟、標語

一瞬是狂歡的、一瞬是激憤的人們

我夢見過那座城門，那根高聳的柱子

頂端有一位女神

我還夢見過這裡是一片廢墟

一些小孩在瓦礫間奔跑

彷彿是他們的遊戲場

但一切都是黑白的

——所以這都是別人拍過的電影？

——所以有人幫我做了這些夢？

——我還在夢中嗎？

——那他們醒來了嗎？

2018.6.23

海德堡環形劇場

說是建造起來

要讓兩萬名市民跟學生

向領袖致敬

結果領袖沒有來

群眾也沒有來

陽光是日日來的

落葉也會在舞台上

佔領一個下午

又被風掃蕩

今天來了一個小孩
撿了根樹枝
在階梯跳上跳下
呼喝父母
不知他長大後
會變成獨斷的領袖
還是順從的人群

只知道他在我身上
換了一片尿布
痛痛快快地撒尿
倒是讓這座偌大的劇場
沒有白搭

2018.8.6

頭巾下的女人

不要問我的過去
替身演員無須留下姓名

比起我逃出的古堡
陽光下的森林或許有更多秘密

成為編了號的一名員工
一名納稅者、一張選票
是誰並不重要

我深藏的手
貼緊我深藏的血肉
深藏的病痛與快感
那才是我的護照

2018.7.12

被烙印的人

破傘無法承接雨水

破鏡卻可以切割現實

或者反射

在那些污水濺濕的柱子後面

一些大人努力克制自己的戀童癖

另一些，則正摀住我們的嘴

並用他們大張的嘴

吞吃我們的未來

當然他們也曾被如此對待

在那些曲折的樓梯上

雙手被反折

辮子被拉扯

裙子被縫上巨大的花朵

今天他們握有遊樂場的代幣

他們握有點唱機的鑰匙

他們握有冰淇淋的配方

一如陽光無差別地普照

我也必無差別地還擊

2018.7.13

病歷表

他們愛你
像老師愛學生
他們相信你願意努力學習
雖然還是要用考試來證明

他們接納你
像醫生接納病人
你有病
雖然並不是你的錯

他們庇護你
像神父庇護異教徒
你也一樣可以得到拯救
只要你改稱你的上帝別的名

他們願意做你的鄰居
他們同意你保留自己的語言
只要你的孩子
開始說他們的語言

天知道溶化的過程是如此困難
有人是冰塊
有人是糖
有人是石頭

2018.6.29

☆.:*•:*•'(*   o:*☆.:*

          :.₀..₀:*☆.:*:*•'(*°o.₀.:*☆

  .•.   °•*:*

                              •.   °•:.₀.....₀:*☆.:*•'(

〔神秘的家庭〕

做愛不需要很大的空間

做愛不需要很大的空間
但是做飯需要
奶瓶要烘，瓜要解凍，當瓦斯爐
被一鍋湯和一尾煎魚佔用
油煙被吸走，留下所有食材的味道
與汗珠一起互相浸染互相改造
砧板用來分屍，碗公用來攪拌
靈與肉，痛與愛，餓與貪婪
一個家真正的核心
每一代的女兒和母親，以及偶爾竄入
偷吃的丈夫、洗碗的兒子、好奇的貓
做愛、讀書、看電視、互毆
都不需要很大的空間
但是拜託你讓我
好好做一頓飯

新加坡某議員：「做愛不需要很大的空間。」

2017.5.31

與妻子看電影

電影很淡

淡得像妻子給小兒煮的粥

有食物自己的味道

主角的妻子想學吉他

我想起妻子那把陳年卻簇新的吉他

不如送給她

她就可以在電影裡

唱歌給我們聽

2017.2.6

孩子第一天送到保姆家

孩子，今天你將在

陌生的房間入睡

陽光在窗簾外

建築工程的聲響在窗簾外

還有機車低吼、轎車倒退嗶嗶

吃重地載著紙箱的鐵板車

嘰嘰嘎嘎踏過

或是鄰家傳出斷斷續續

反反覆覆的

拉赫曼尼諾夫

你的小熊陪著你

你要好好睡

即使只是一頓小小的午寐

都能帶給你

醒後跟世界打架的氣力

孩子，未來你將在

許多陌生的房間入睡

也許有你心愛的人在身旁

也許有你暫留的城市在窗簾外

在太無聊的課堂、太優雅的音樂會上

你會短暫睡去

也許燠熱，也許濕冷

也許被單滿佈口水和塵蟎

我們在走路，路也在走著我們

能睡，就是最美好的時光

怕你醒來太掛念我們，更怕你醒來不記得我們

這些擔心留給我們就好

你要安心睡啊，無論身在何處

我和媽媽都會為你

睜大眼睛

2016.9.1

愚人節

孩子，你在飛的時候
爸爸便感覺到生命旋轉
樂於做一個天天快樂的愚人
做你和地球之間的槓桿

2017.4.1

春陽自冉

春天哪管對錯
只要一聞到嬰兒剛剛便完的屁股
就會偎過去
自自冉冉地伸起懶腰

陽光永遠是新的
只要一看到嬰兒剛剛笑開的臉蛋
就會迎面給他撲上

2017.1.28

共犯

生了個孩子

你跟我

就像聯手搶了銀行

兩個陌生人

從此有了血緣關係

無論是一起坐牢

還是一起逍遙

2017.1.31

反核

一歲八個月大的兒子

今天學了一個字

他吃桃肉

我啃桃核

他覺得爸爸吃的比較大

給他啃一口

他瞪大眼睛

指著桃核

我說：核

他也大叫：

核！

一歲八個月大的兒子
就這麼學會了
反核

2017.6.30

孩子像神不可捉摸

孩子像神一般不可捉摸

原本貪得無厭的東西

轉眼就往地上摔

成天想去盪鞦韆

但一到公園卻只肯玩沙

晴天要穿雨鞋，搭電扶梯要往反方向跑

不愛吃飯，只愛吃藥

還樂此不疲幫歌詞摻糖加水：

「一閃一閃亮晶晶，滿天都是小妹妹」

喜怒無常，但又有

嚴苛的準則──

出門必戴牛角帽

經過超商得買香蕉，而睡前

一定要爸媽親他的手手腳腳

早起要喝燕麥奶、踢足球、看麥兜

雖然次序每天顛倒

上了車他說

「車子不要開太快」

進隧道前他說

「磅空來勒！」

伸出手他說

「葡萄乾一個就好了，不要吃太多」

在美廉社門口他說

「幫媽媽買酒」

經過他的口

所有生活雜碎

都變成閃耀的真理

像冬至那天出現的陽光

和神不同的是

孩子不會要求我殺神獻祭

驗證我的忠誠

孩子是天生哲學家，要求的供品都必須是象徵

以便點化我等過於務實的人生

比如小魚蛋糕、會跳舞唱歌的警車

一觸就破的泡泡

即令如此

孩子仍像神一般無法討好

我們只能坦然承受

命運賜予的震驚、困惑

和一次次更新的醒悟

2017.12.22

小孩

你玩一下，爸爸去倒垃圾喔
你玩一下，爸爸去收掛號喔
你玩一下，爸爸去削水果喔
你玩一下，爸爸去上廁所喔

只有小孩睡著的時候，可以喘口氣

一轉眼，小孩在廚房玩鍋子
一轉眼，小孩在廁所舔瓷磚
一轉眼，小孩要參加畢業旅行了
一轉眼，小孩談戀愛了

想像小孩不在眼前的時候，仍然繼續長大

只有睡著，才能聽見小孩回來了
只有睡著，才能聽見小孩叫爸爸
只有睡著，才能掉回那些口水淚水汗水奶水不分的日子

醒來的時候，世界已經離你好遠好遠

樂天島 (A面)

單車載兒子滑下斜坡
「河邊到了！」
我開始唱歌，為了避免指出
腥味在風中，死魚在淺灘。

兒子興奮地指著對岸興建的高樓
「我長大可以開大吊車嗎？」
你長大開什麼都可以
但我沒說，那些樓房即將把天空和河岸據為己有。

「等雨停了，
我們去出去玩好嗎？」
當然好。但我沒有告訴他
這場雨會一直下到北極冰層溶光。

「我可以跟你一起倒垃圾嗎？」
他喜愛垃圾車的音樂
跟我小時候一樣。
我小時候還喜歡聞機車屁股的油煙呢。

他喜歡看捕鳥人爬樹
吹捕鳥人的排笛
但我還在猶豫怎麼告訴他
捕鳥人手中的繩子是為了自殺。

天空的每一隻鳥都像我們一樣旁若無人
水缸的每一尾魚都像我們一樣身不由己
貓咪的每一次嘔吐都需要關心，而非抱怨
每一個玩具都有它的尊嚴。

他最愛吃香蕉
那些飽滿漂亮的香蕉
他相信，我也相信
這座島嶼的香蕉可以讓他吃到世界末日。

2018.9.1

無家

帶兩歲的兒子去看兒童劇。劇場很小，觀眾也不多，演出亂成一團。兒子坐不住，跑上台去，他們也無所謂。看完才發現外頭是荒涼的山間公路，站牌上有幾班公車，但我都不認識，甚至我已忘了家住哪裡。只好打給妻子，打斷她急著想告訴我的話，問她我住在哪。「南京東路二段，」她說。我對這地址和住處的模樣毫無印象，忍不住再跟她強調，是「我跟你的家」。她重複一遍並補充了巷弄的號碼。我只好再問哪一站下車：又是一個我不熟悉的地名。掛上電話才想起，那端的聲音並不是我妻，而是另一個女人。那麼我到底住哪裡呢？牽著小兒，暗夜中我聽見了鷓鴣叫。

2018.6.26

1+1

像兩首歌

我們互相干擾

像兩面鏡子

我們互相抄襲

像兩個夜晚

我們看似相同

卻隔著無法跨越的深淵

像兩個字

我們黏在一起時

成了另一個意思

像兩個字

我們黏在一起時

成不了另一個意思

有一天我們發現

世上有很多歌、很多鏡子、很多炎熱或冷冽的夜晚

有一天我們會忘了接吻

互握的手變得熟悉又冰涼

有一天我們會死，有一天我們會再死一次

挖出自己的化石，從前的扭傷和撞傷

終於不再痛了

2018.7.18

幸福定格

1

黑夜給了我一個白眼
我給它戴上太陽眼鏡

2

幽閉恐懼
想吐
心絞痛
自律神經失調
起床氣
月經不來

醫生耐心聽著

試圖說服她

這一切都與婚姻無關

3

牛郎說

你昨天放走的喜鵲

今天飛回來了

許是想留作愛情的紀念吧

織女說

我已經不想清它的大便了

2018.7.19

江違詩集

Family Plots

哥哥

14歲時，他的房間被媽媽闖入
告誡他不能手淫

40年後，他把兒子的門鎖拆掉
防止他在房內喝酒

即使是當面，他也用第三人稱
稱呼自己的「爸爸」

而他的兒子在臉書上
直呼他的姓名

江湖

小時候和哥哥打架
我拿著剪刀，想要殺死他

有時也在床鋪跳上跳下
假裝行走江湖

我抓一把土放進口袋
代表買一塊地

他會壯烈犧牲
又在下一個故事復活

被叫出房間吃飯，我們瞬間失去
飛簷走壁的能力

堂姊

牽著堂姊的手
走過懸空的鐵道枕木
去爬虎頭山

牽著堂姊的手
穿越整條寬闊河流的鐵道
我都忘了往下看

長大後
參加她兒子的婚禮
覺得堂姊長得好像爸爸

忽然驚醒
當年的火車
好在沒半路開過來

小阿姨

未婚的小阿姨
會把洗好的內褲
晾在我家浴室

未婚的小阿姨
會帶我一起
去上寫作班

未婚的小阿姨
後來嫁給了
愛吃山東饅頭的台灣姨丈

未婚的小阿姨
再嫁給退休的老將軍
他死前還瞇著眼像爺爺一樣

當我再婚時
小阿姨送了一個
好大的紅包

堂哥

過年聚會時
堂哥把我拉進房間
兩腿夾住我
亂摸一通我的小雞雞

聽說他移居遠方多年
聽說他被廠房的橫樑砸死
堂嫂肚裡的小孩還沒出生

我已記不清他的長相
只覺得和路上那些有點憂鬱有點臭屁的高中生
差不多模樣

叔叔

爸爸喜歡說起
叔叔放棄旅長軍職後
每次生意失敗
他怎麼花錢把叔叔救上岸

叔叔喜歡說起
爸爸開車失神肇禍後
他怎麼動用關係
讓爸爸不用吃官司

爸爸和叔叔笑起來
都讓人覺得
他們是全世界最有本事的人

妹妹

有一天回家
樓梯上站著一個女孩
爸爸說那是我妹妹

媽媽對妹妹很好
只不過有時候
還是會在房門後罵爸爸

幾年後妹妹又走了
去歐洲念貴族學校
爸爸每次提起
還是忍不住眉飛色舞
說妹妹很上進
而媽媽都假裝沒聽到

2015.6.5-6

說謊

除夕父親第200次說起他第一次打我因為我說謊，但這次他說出了理由。

剛上小學時我把零用錢花了，卻說是被同學搶走。父親帶我去學校興師問罪。快到校門前我才不得不招出沒那個人。他在路邊直接賞我一巴掌，教我不能說謊。

「因為我這輩子都在說謊，太累了。」現在的父親終於這麼說。

是真的累了吧。

其實那時他跟外面的阿姨還沒生下妹妹。還沒展開那個撐得最久的謊言。

不過妹妹長大讀書嫁人都很體面，父親每每喜形於色，在媽媽面前也不掩飾。

我們都知道說謊是大人的專利。

我們習慣政客滿口承諾上任後卻裝沒事。

我們習慣名人廣告他們從來不用的產品大家仍照買不誤。

我們習慣把垃圾丟得越遠越好不管它們去了哪裡。

我們習慣背那些考完就忘的書而且叫小孩少囉唆背就對了。

我們習慣挨完巴掌之後，有些事就只能偷偷做。

我不知道的是，小孩說謊是跟大人學的，還是人的生存本能？

然後我們都覺得好累，永遠也睡不飽。

Social Contacts

小學教師

她喜歡穿飄動的長裙

她喜歡穿深色絲襪

她身上散發濃郁的香味

她挑選好學生加入幼童軍

可以圍漂亮的領巾

用三根手指敬禮

她的女兒也在班上

當班長

大家都俯首聽命

放學後

班長帶大家抄小路

回老師家補習

國中教師

不是因為他的臉那麼光滑細潤
不是因為他發怒的聲音陰陽難分

不是因為他一隻腳微跛
不是因為他未婚

從他打斷椅子的木條開始
從他打手背打斷三根椅子的木條開始

學生管他叫太監

高中教師

他個子瘦得像削過的竹竿
他教三民主義
他操浙江口音
每句話都短促得像發號施令

由於聽不懂他的課
我們叫他希特勒

在那個鬧哄哄的十七歲
男孩都想當醫生
女孩都想嫁給醫生
我們都乖乖背誦
三民主義考得很好
讓希特勒露出
難得的微笑

退休教師

前夫窮追不捨
管理員都認得了
還好兩個女兒
都會幫著保護媽媽，趕走爸爸

到法國旅遊時
坐在路邊咖啡
三個男人跟她搭訕
她耐心查字典
一個一個字用法文寫信
過濾到剩下最後一個

六十歲才初戀
不能急
一知半解不要緊
她已經會讀懂眼睛

2015.6.6

甜甜圈女孩

笑得比甜甜圈更甜的女孩
曾經在比小島更小的島上實習
起立 坐下 不用敬禮
小聲一點 大聲一點 不要講話
你昨天到哪去了 你明天會不會來
作業本為什麼弄濕 臉為什麼弄髒
被打要告訴老師

笑得比甜甜圈更甜的女孩
曾經在比人多更多的街上賣甜甜圈
什麼口味 內用外帶 請稍待喔
要統編嗎 要提袋嗎 要付現嗎
甜嗎 太甜嗎 要糖霜嗎
好久不見
後面還在排隊唷

笑得比甜甜圈更甜的女孩

突然丈夫去了天堂

在同一所教堂婚禮和殯葬

在同一座小城繼續遊蕩

在斑馬線的盡頭 繼續呼吸

昨天到哪去了 明天會不會來

被淚水洗過的記憶也笑成圈圈

2015.7.12

無酒精女孩

新聞播報員回到家異常沉默
設計師的臥房保持零亂
大廚在家裡從不做飯
這是一種報復，你說
就像
一個無酒精女孩
抵消了整座城市的迷醉
而一輛單車
撫慰了一整排凍僵的法國梧桐

川流的車聲是在報復歷史嗎
那永久停業的爵士酒吧
是在哀悼不可能的愛情嗎
今夜，我也不想喝了
就讓我們望著未來
那雙睜得雪亮的眼睛

2016.11.2

渴愛的女人

曾經她那麼渴望愛
每晚恐龍從夜空經過
卻沒有一隻停下來

終於出現一個男人
他是那麼渴望她
他沒有藍色的鬍子
但她是第八號情人

曾經她那麼渴望愛
後來卻出現一個女人
她是那麼渴望她
那麼出其不意的一把火
把她渾身點燃
她下決心縱身一躍
加入藍鬍子前女友的行列

但是當女人的前女友回來敲門
渴望愛的女人被趕到窗外
她回醫院探望前男友
那個絕望的人想跟她結婚

她覺得她只愛那個女人
但那個女人的女人在敲門
他覺得他是她唯一的男人
但那個女人的女人在敲門

世界沒有愛只是荒漠
有愛的世界卻像核災
在疏散清空的災區裡
她還是一直聽到敲門聲

2015.7.16

超級少女

在每座城市有一個情人
在每個郵筒投一張明信片
冬天夏天喝不同的酒
清晨夜晚聽一樣的音樂

在每張簽單簽不同的名字
讓每一台人臉辨識器都消磁
在世界變老前要記得拯救自己
在自己變老前要記得拯救世界

牆上看到這樣的句子就要開始行動囉
Libuamoutunelwakskayatzen
廣播聽到這樣的句子就要開始行動囉
Libuamoutunelwakskayatzen
牆上看不到這樣的句子就要開始行動囉
Libuamoutunelwakskayatzen
廣播聽不到這樣的句子就要開始行動囉
Libuamoutunelwakskayatzen

2018.7.25

抒情詩人

年少的詩人
寫流浪、寫錯過、寫告別
傳誦市井

老去的詩人
談儒家、談宇宙、談性靈
眾人忍住呵欠

詩人要成長
直到長成大樹
屹立不搖
讀者卻喜歡
小樹苗逆風招展
像我們一輩子都在準備起飛
迎接新世界

2015.7.5

社會詩人

把握太陽出來的辰光
在泳池游了三回狗爬式
停下喘息時，詩人望見
度假村外的田裡
農人正專心耕作
不知名的農具轟隆作響
兩隻黃蝶
在栽植的花樹間飛舞

想到萬物的互相作用、互相利用
詩人有感而發
趕緊回到池畔
筆記本上的螞蟻
突然痛咬他一口
他連聲大叫
忘了剛剛想寫的社會詩

2015.6.6

恨世者

人民怎會不討厭政客？
　　開口就騙你
　　騙不過壓你
　　壓不下告你
　　告不贏躲你

政客怎會不討厭人民？
　　20% 贊成你
　　30% 不贊成你
　　40% 不記得你
　　10% 幹你媽雞巴

孩子怎會不討厭爸媽？
　　他們可以喝酒你不行
　　他們可以賴床你不行
　　他們可以搪塞你不行
　　他們可以反悔你不行

　　　　　　　　　　2015.7.28

爸媽怎會不討厭孩子？

　哭了還會再哭

　要了還會再要

　愛的是別人

　吃的是自己

讓我們每四年相愛一次好嗎？

讓我們電車上被摸時說好爽好嗎？

讓我們像朋友一樣互相打氣好嗎？

讓我們像仇敵一樣互捅然後道歉好嗎？

你媽雞巴

高貴的銀髮

他從雪地裡
一顆顆挖出
那些曾經受苦的頭顱
像挖出一顆顆地雷
冒著生命危險

銀髮在風中
猶如一面高貴的旗幟

工作完畢
他狂歌痛飲
在年輕小姐面前
釋放他那振翅欲飛的小鳥
露出壯大的影子底下
那個羸瘦的自己

　　　　　　　2018.7.21

江違來函

鴻鴻：

奉上一本失敗的詩集。

我是一個半路出家的寫作者，不曾在網路發表，更不是「學院派」。只因為不小心讀到《衛生紙＋》詩刊，才手癢開始寫作，但屢投不中。2015年透過您的一篇介紹文發現韓國詩人高銀寫作的《萬人譜》，震撼不已。這部歷25年方才完成的詩集，以敘事性的筆法刻畫5600位人物，不賣弄文字，不鋪張意象，直白而尖銳。我開始發現生命中有許多人值得書寫，所以默默開始我自己的《萬人譜》工程。

當然我的手法生澀，風格也受到您的詩、以及若干衛生紙詩人的影響，這我並不諱言。但我很高興能把自己和身邊人的經歷，毫無顧忌地記錄下來。寫到一定程度，才發現因為涉及太多隱私，讓我很難面對公開發表的後果。在台灣現代詩的氛圍裡，這些不修邊幅的文字恐怕也很難被視為文學，得到「藝術」的護身符。蒙《衛生紙＋》不棄，容我用筆名發表了幾篇，已經是最大的鼓勵。

2016年您策展的台北詩歌節邀請高銀來台，我不曉得當時在忙什麼，竟完全錯過。不料今年傳來高銀發生的性醜聞，偶像一夕之間崩毀，讓我忽然喪失寫下去的動力（當然這也許是我本來就難以為繼的藉口，也說不定）。算算

也才寫了十九首，根本連半本詩集都湊不上。我曾想拋棄這個典範，繼續寫作，卻屢試不成。於是我決定以高銀作為這項計畫書寫的最後一位對象，直接面對這位詩人的偉大與不堪，事實上是面對自己的困窘，然後就告終結。

現在我把這些詩作呈獻給您。如果您認為不值一顧，請直接丟進回收筒。如果您認為還有一絲價值，讓這批不完整的肖像能夠成為時代的卑微見證，那麼可否有個不情之請：能不能在您未來的某本詩集當中，為它們找到一個空隙，成為小小的附錄，能夠隨您的大作浮沉於人世。倘若在書店裡可以有緣一遇，就是我莫大的幸福。如果您覺得「詩集中的詩集」這項建議太過乖訛，不妨將這些詩直接

納入您的名下，我也欣然同意——不過這項建議好像更為乖訛。如有冒犯，請多見諒。

來日，或者我能夠重新出發，寫作出全新的《萬人譜》來吧！我不敢、卻這麼偷偷期望著。那時希望我有勇氣出版一本獨立的《江違詩集》，而您必然會是第一位讀者。

江違 2018.8.22

時間之書

「文章合為時而著，歌詩合為事而作。」近來我不時想起白居易的這句話。

寫詩需不需要那麼急著反映時與事？

我的回答是：當然需要。

但詩是否該多加累積與沉澱？

我的回答是：一個人的一生就是經驗的累積，讓我們對每一個當下發出即時反應。對一件事，當下有當下的感受，事後有事後的看法，都可以寫，而且應該寫出其不同。過了當下，寫的就不會是「初聞涕淚滿衣裳」而是「城春草

木深」。與時代共感正像紀實攝影，考驗的是「決定性的瞬間」。畏懼表達看法，畏懼犯錯，畏懼站錯邊、說錯話，會讓詩人變得畏首畏尾，視自己的文學事功勝於與讀者呼吸與共。

當然，詩也不能因為寫得急迫，就擁有粗略的藉口。切向現實的刀，當然該是鋒利的。但那是累積所有能力，在當下迸發的力量，而非題材出現了，才開始磨刀。

時間也在我自己身上，留下鮮明的痕跡。這本詩集始於我年過五十之際，凜然意識到時不我予。塔柯夫斯基只活了54歲，楚浮甚至只活了52歲，黃遵憲則在50歲時因變法失敗，被遣辭還鄉，只剩七年時間寫他的詩。而我自己，兒子剛剛誕生，大幅改變我的生活型態。我以白居易的字「樂天」為之命名，希望他在越來越艱難的世界裡能維持自在奮進之心，同時也讓我每天在呼喚他時，期勉自己坦然面對人生的命題。把每一天，當作最後一天；把每一首詩，當作最後一首；把每一本詩集，當作最後一本。應盡便須盡，無復獨多慮。

2016年停刊《衛生紙＋》，剛好台灣面臨三度政黨輪替，全球吹起右傾之風，應竟未竟之業，在期待與現實之間，凸顯得更為強烈。別無選擇，我只能以一支筆繼續參與，繼續發聲，但語調已無法再像《暴民之歌》那麼天真。當然，這是個人歷程與時代變化隨機偶合的結果，卻也是入世愈深之後的自然而然。

比較意外的，是同道小友「江湋」的出現，讓這本詩集多出另一把琴音。箇中因緣，所附信函已有所交代。雖然江湋自稱那是一本失敗的詩集，但我以為，詩無所謂成敗，能夠與時間互動，甚至扭轉時間的速度——讓進步加快、讓逝水變慢、讓所愛停格——已是寫作的最大幸福。

謹以此書獻給樂天，與我一起手忙腳亂招呼樂天的楚蓁，以及這座樂天島。

2018.9.1

哪裡是小時代？──答新加坡聯合早報

1）詩可以很簡短，對許多藝文愛好者來說，像是入門，很多寫作者都從詩開始，但我們也知道詩其實最難。許多人都說年少是詩，彷彿長大了就會丟掉「詩心」的樣子。對您來說，真有所謂「詩心」嗎？這個「心」到底是什麼？

所謂「詩有別裁」，那便是與社會主流價值有別的「別」。年少正值童真遭逢社會化的巨大撞擊，詩冉冉浮出，成為救命稻草。孤獨、愛情等等青年詩人熱中的主題，都可以反映這種疏離感，那是一種背對社會的「僻處自說」（引羅智成詩題）。一旦社會化徹底，詩心自然消失。能一直寫下去的，往往是轉而面向社會，有話要說。

2）您生於1964年，成長在臺灣戒嚴時代，寫作時也正值解嚴。您的作品〈演講比賽〉〈流亡〉〈土製炸彈〉到創設《衛生紙

＋》詩刊，似乎都有一種立於邊緣，批判主流，反主流的意識。這樣的意識與時代氛圍有必然關係嗎？（會提這個問題，主要是因為有一種論調認為，當今小時代難以孕育偉大的作品）

當今哪裡是小時代？處處有烽火、有不義、有人權與言論箝制、有階級傾軋、有晚期資本主義的率獸食人。無論身處盛世或亂世、主流或邊緣，寫作者都應當捍衛生活與生存的價值──這也是我撚出「衛生」二字的心意。

3）承接上一題：我們能說詩／詩人的使命之一，就是要挑戰主流嗎？

如果說「主流」意味著從眾，文學與藝術當然是要爭取「獨特性」的生存空間。但挑戰主流也有不同階段的任務：如果這是個不義的世界，詩人別無選擇，只能伸張正義；如果世界正義了，詩人便能卸下重擔，自由地探索人性之惡。為了爭取詩人作惡的權利，我們只能先好好伸張正義。

4）《衛生紙＋》去年10月宣佈結束，8年來已成為臺灣詩壇風格鮮明的「詩派」（我能這樣說嗎？），尤其在年輕作者群裡有重要的地位（新馬亦有許多讀者）。《衛生紙＋》所選詩作，才思翻飛火花處處。對您來說，詩刊結束（您說的「階段性目標達陣」），意思是新的詩風即將到來嗎？作為詩刊編輯，您怎麼看新一代詩人對語言與社會議題的把握？（是比前代更入世了嗎？還是像許多人批判的，年輕人只活在自己的小小世界裡？）

如果「新的詩風」是指在詩中直率地表達立場與態度，並無損詩意，其實陶淵明、杜甫、白居易、蘇東坡、龔自珍乃至布萊希特、辛波絲卡，都早已做了最佳示範。《衛生紙＋》革命的對象是臺灣現代主義的「隱晦」傳統，這一革命是上承七〇年代唐文標等人對偽現代主義的批判。戒嚴年代的隱晦是不得不然，自由時代的隱晦卻是矯揉造作，甚至隱藏自身保守懦弱的護身符，當然該一把撕除。翻開任何一期《衛生紙＋》，都可以看到詩人如何直視社會病灶，也仍然可以看到許多直視自身病灶的詩人。面向或背對世界不成問題，問題在於詩的功能是遮掩或揭露。

5）現在是所謂Post-Truth的時代，真實與虛構越來越難被模糊，詩作為一種脫離常態的語言和藝術，或您提倡的「街頭詩學」，在這個時代能起到怎麼樣的作用？

詩的語言不能脫離常態，不能像文言文一樣成為知識份子的「階級」。在真偽難辨的時代，詩更應該發揮一語解頤或一語解疑的能力，幫助大家認清生存的真實。「街頭」，無疑是最佳的學習場域。

6）在視覺、感官刺激當道的今天，詩應該如何與其他媒體／藝術類別競爭？

其他媒體與藝術類別都可以是源頭活水。刻意改頭換面去競爭，沒有必要。例如「影像詩」、「行動詩」，也都是以詩滋養了其他藝術。

發佈於2017年4月3日｜提問／陳宇昕

鴻鴻詩集
8

作　者	鴻鴻
設　計	陳恩安
出　版	黑眼睛文化事業有限公司
地　址	10049台北市中正區林森北路5巷9號3樓
電　話	02-2321-9703
傳　真	02-2321-9713
E-mail	darkeyeslab@gmail.com
印　刷	鴻柏印刷事業股份有限公司

總經銷	紅螞蟻圖書有限公司
地　址	台北市114內湖區舊宗路2段121巷19號
電　話	02-2795-3656
傳　真	02-2795-4100
E-mail	red0511@ms51.hinet.net

| 初　版 | 2019年2月 |
| 定　價 | 320元 |

| ISBN | 978-986-6359-75-0 |

本書部份詩作係由羅伯特・博世基金會之華德無界行者計畫所贊助

國家圖書館出版品預行編目（CIP）資料 ｜ 樂天島／鴻鴻作. -- 初版. -- 臺北市：黑眼睛文化, 2019.02 ｜
352面；13×19公分. --（鴻鴻詩集）｜ ISBN 978-986-6359-75-0（平裝）｜ 851.486 ｜ 107022773